와글와글
독서클럽

KB074256

한 학기
한 권 읽기
시리즈

와글와글

 청소년이 꼭 읽어야 할 문학 필독서 12 ◆

독서클럽

강영준 지음

문학

북트리거

저자의 말　　6

＊ **타인을 돌아보는 따뜻한 마음**

BOOK 1　　**마음의 상처를 치유하는 방법**
　　　　　『**우아한 거짓말**』　13

BOOK 2　　**사람은 사랑 없이 살 수 없다**
　　　　　『**자기 앞의 생**』　31

＊ **가족과 함께하는 시간**

BOOK 3　　**죽음이 우리에게 주는 깨달음**
　　　　　『**두근두근 내 인생**』　53

BOOK 4　　**이상적인 가족의 조건을 생각하다**
　　　　　『**불량 가족 레시피**』　73

BOOK 5　　**시간의 의미를 탐색하다**
　　　　　『**시간을 파는 상점**』　91

＊ 이제는 사회로 눈을 돌릴 때

BOOK 6   예술과 현실은 대립적인 관계인가
          『멋지기 때문에 놀러 왔지』   113

BOOK 7   지금, 여기, 페미니즘이 필요한 이유
          『유진과 유진』   133

BOOK 8   차이를 인정하는 힘, 문화적 다양성
          『내 영혼이 따뜻했던 날들』   153

＊ 공동체 생활, 길들임에 거부하다

BOOK 9   무엇이 우리를 길들이려 하는가
          『수레바퀴 아래서』   177

BOOK 10   공동체 생활에서 규율은 꼭 필요한가
          『열일곱 살의 털』   197

＊ 이상 세계, 그 존재 의미를 생각하다

BOOK 11   이상 세계의 실현, 그 꿈을 향한 도전
          『기억 전달자』   217

BOOK 12   차이를 거부할 때 권력은 부패한다
          『동물 농장』   237

• 저자의 말 •

어릴 때 크리스마스 선물로 받았던 책 한 권이 떠오릅니다. 여덟 살이나 되었을까요? 크리스마스 날 아침, 머리맡에 전래 동화 한 권이 놓여 있었습니다. 여섯 살 위인 큰누나가 용돈을 쪼개어 모은 돈으로 선물한 책이었죠. '호랑이와 곶감', '혹부리 영감' 등이 실린 평범한 책이었어요. 책에 실린 동화 중에 '나박김치 도둑 이야기'가 참 재밌었습니다. 어느 동네에 이제 막 결혼한 신랑이 있었는데, 점심 때 나박김치를 먹었어요. 그게 너무 맛있어서 다시 먹고 싶어 아무도 몰래 밤에 부엌으로 들어갔죠. 그런데 나박김치 항아리에 손을 넣어 김치를 꺼내려는 순간, 그만 손이 끼어 이러지도 저러지도 못하게 된 거예요. 결국 새신랑은 항아리를 깨기로 마음먹었어요. 마침 달빛에 반짝거리는 물건이 있어서 거기에 대고 항아리를 힘껏 내리쳤죠. 아 글쎄, 그런데 그게 사실은 장인어른의 반질거리는 대머리였어요. 깜짝 놀란 장인어른이 "도둑이야!"라고 소리쳤지만, 새신랑은 시치미를 뚝 떼고 모른 척했답니다.

이 책은 제게 특별했어요. 무엇보다 이야기 속으로 들어가게 해 주었으니까요. 아마 그때 게임이나 유튜브, 웹툰이 있었다면 거기에 빠졌을지도 모르죠. 이야기를 좋아하면 가난하게 산다는 옛말이 있는데, 그때부터 저는 학교 공부보다 책에 꽂혀서 지냈습니다. 학교 공부를 열심히 했다면 지금보다 더 잘살았을까요? 하지만 저는 나박김치 맛에 빠져 체면도 잃어버린 새신랑처럼 정해진 공부보다는 읽기의 매력에 빠졌죠. 다행히 일찍 철이 든 누나가 그 뒤로도 책을 선물하거나 좋은 책을 꽤 빌려다 주었습니다. 놀랍게도 누나는 제 나이에 맞춰 가며 책의 수준을 조절해, 책 읽기의 가이드 역할을 훌륭히 해 주었어요. 전래 동화 다음에는『톰 소여의 모험』이나『해저 2만리』처럼 모험을 다룬 책을, 초등학교 고학년이 되자『어린왕자』와『모모』를, 중학교에 다닐 때는 헤르만 헤세의『나르치스와 골드문트』,『데미안』을 선물해 주었습니다. 수준에 맞는 독서가 책 읽기를 더 흥미 있게 해 주었죠.

머리가 굵어진 다음에는 어려운 책들에 도전했습니다. 고등학교에 올라가서는 문학책만이 아니라 철학이나 역사책도 읽기 시작했죠. 아우렐리우스의『명상록』이나 에리히 프롬의『사랑의 기술』같은 책도 도전했어요. 어려운 내용도 있었지만 끝까지 포기하지 않았던 것은 어릴 때 쌓인 읽기 습관 덕이었어요.

그런데 한 가지 아쉬움이 있었습니다. 책을 읽다 보면 내가 이해한 것이 맞는지, 제대로 감상한 것인지 늘 의문이었어요. 또 읽다가 어려운 대목이 나오면 도대체 무슨 말인지 한참을 읽어도 이해가 안 될 때도 있었죠. 마음속으로 아무리 질문을 던져 봐도 작가가 대답을 해 주는 것은 아니거든요. 그리고 외로웠습니다. 책에 대해서 이야기를 나누고 싶었지만 그런 친구가 늘 있는 것은 아니니까요. 아마 책 읽기를 즐기는 사람이라면 이런 아쉬움을 한 번쯤은 느껴 봤을 것입니다.

책 읽기는 외로운 경험이에요. 혼자서 고독하게 글을 읽어야 하니까요. 특히 어려운 책일수록 혼자 읽는 게 버겁고, 그러다 보면 몇 페이지 넘기다 덮어 버리기 일쑤입니다. 혼자서 미로를 헤매다가 포기하게 되는 거죠. 요즘 사람들이 호흡이 긴 책들을 읽지 못하는 것도 이런 이유 때문일 것입니다. 그래서 언젠가 기회가 닿는다면 누군가에게 함께 책을 읽어 가는 동반자 역할을 해야겠다고 생각했습니다. 어린 시절 나를 책의 세계로 이끌어 주었던 누나처럼 말이죠. 그리고 책을 가지고 실컷 수다를 떨고 싶기도 했고요. 이런 생각을 가지고 있던 참에 마침 《독서평설》에서 책 읽기에 관한 글을 연재하자는 요청이 왔습니다. 책을 더 넓고 깊게 이해할 기회를 가져 보자는 취지였어요. 주저 없이 글쓰기에 나선 지 2년. 어느덧 원고가 모여 책으로 엮이게 되었습니다.

이 책은 두 권으로 되어 있어요. 한 권은 문학 책을, 한 권은 교양 도서를 다뤘죠. 그리고 각 장에는 해당 책에 대한 질문을 빼곡히 실어 두었습니다. 책을 읽으며 생긴 호기심과 궁금증을 모아 둔 것입니다. 그리고 질문에 대한 대답도 만들었어요. 물론 그 대답이 정답은 아니에요. 그저 함께 책을 읽는 누군가의 생각일 따름이죠. 따라서 질문에 대해 여러분이 따로 답을 만들어 비교해 보면 더욱 흥미로운 책 읽기가 될 것입니다. 더 나아가 실제로 '독서클럽'을 만들어 책에 대해 수다를 떤다면 더없이 훌륭한 효과를 낼 수 있겠죠.

이 책을 쓰기까지 도와준 분들이 많습니다. 먼저 함께 원고를 읽어 주며 쓴소리를 아끼지 않았던 《독서평설》 전은재 편집자께 고마움을 전합니다. 이분이 없었다면 원고를 제대로 쓸 수 없었을 것입니다. 또 원고를 기다려 주고, 예쁘게 다듬어 준 북트리거 편집 팀에도 감사를 전합니다. 원고를 선별하고 보강하는 데에 큰 도움을 주었죠. 무엇보다도 여기에 수록된 좋은 책들을 써 주신 저자 분들에게 진심으로 고맙습니다. 그분들의 생각이 혹시라도 글 속에서 왜곡되었다면 그것은 전적으로 제 책임이에요. 마지막으로 수록된 책들을 읽고 함께 수다를 떨어 줄 독자 분들에게도 고맙습니다. 함께 생각을 나눌 때 이 글이 비로소 진정한 생명력을 지닐 수 있을 것입니다.

2019년 2월
강영준

타인을 돌아보는 ...
... 따뜻한 마음

BOOK 1

마음의 상처를 치유하는 방법
『우아한 거짓말』

°흔히 사춘기는 '제2의 탄생'이라고 합니다. 이는 프랑스 사상가 장 자크 루소가 『에밀』에 남긴 "우리는 두 번 태어난다. 한 번은 생존하기 위해서 태어나고, 또 한 번은 생활하기 위해서 태어난다."라는 말에서 유래했죠. 그러면서 그는 첫 번째 탄생은 육체적 탄생이고, 두 번째 탄생은 정신적인 탄생인데 이때는 불안, 고독, 허무 등 정신적인 고통이 뒤따른다고 밝혔어요. 이런 두 번째 탄생을 누군가는 '질풍노도의 시기'라고 일컬었습니다. 다들 잘 알고 있겠지만, 이 시절 대다수 청소년들은 심리적인 갈등을 겪습니다. 신체적인 변화와 함께 정체성의 혼란과 고독감을 심하게 느끼죠.

우리나라 청소년들이 겪는 심리적인 갈등은 꽤 심각한 수준입니다. 과도한 경쟁으로 발생하는 우울과 불안, 지나친 입시 준비와 학업 스트레스, 학교 폭력과 집단 따돌림 등 우리 사회가 지닌 갈등과 모순들이 고스란히 증폭되어 청소년의 정신을 짓누르고 있기 때문이죠. 안타깝게도 우리나라 청소년들의 자살 증가율은 OECD 국가 중에서 매우 높은 편에 속합니다. 다른 국가 청소년들의 자살률은 차츰 줄어드는 데 비해 우리나라 청소년들의 자살률은 오히려 증가하고 있죠. 스스로 목숨을 끊을 만큼 궁지에 내몰리는 청소년들. 그 비극의 수레바퀴를 어떻게 하면 멈출 수 있을까요? 김려령 작가의 『우아한 거짓말』을 읽으며 비극의 수레바퀴가 어째서 굴러가게 되었는지 그 이유부터 확인해 보죠.

한 소녀가 있었습니다. 소녀의 이름은 화연. 우리 주변에서 흔히 볼 수 있는 평범한 소녀죠. 아빠와 엄마는 동네에서 작은 중국집을 운영하고 있습니다. 늘 시간에 쫓기듯 장사하는 부모님은 생활고에 시달려 화연이와 시간을 보내지 못합니다. 특히 엄마는 뒤늦게 얻은 외동딸을 살갑게 대하기는커녕 버릇이 없다고 야단을 치는 등 매를 들고 다니며 엄하게 키우죠. 가족들에게 존중받는 법을 배우지 못한 화연은 공격성을 한껏 품은 채 자랍니다. 하지만 자신의 공격성을 겉으로 드러내지는 않았어요. 그랬다가는 또다시 미움받을 게 뻔하니까요. 억압된 공격성은 화연의 내면에 차곡차곡 쌓여 괴물처럼 커져 가고 있었습니다. 그러던 중 화연은 자신보다 약한 상대가 나타나자 아주 은밀하게 공격성을 드러내기 시작합니다.

화연이 초등학교 4학년 때 한 학생이 전학을 옵니다. 전학 첫날, 이 학생은 통과의례와도 같은 자기소개를 합니다.

"이천지입니다."

"다시 해 봐."

"열한 살 이천지입니다."

"야, 우리도 열한 살이야! 하하하."

화연은 어딘지 모르게 어리숙한 천지에게 호의를 보이며 다가갑니다. 그러나 진심이 아니었죠. 화연은 태연스럽게 천지의 단짝 행세를 합니다. 하지만 이내 친구가 없는 천지를 은밀히 괴롭히기 시작합니다.

먼저 화연은 천지와 가깝게 지내던 아이들을 선물 공세로 빼앗고 자신의 생일에 천지만 한 시간 늦게 초대합니다. 그러고는 망신을 톡톡히 줍니다. '천지 쟤, 어딘지 빈티 나지 않냐?', '천지가 어렸을 때 아빠가 죽었대. 자살했다더라.'라고 은밀히 수군거리면서 말이죠. 화연이 악의적으로 내뱉은 말들은 금세 소문이 되어 돌았고, 천지는 해명할 기회를 놓친 채 친구들의 편견에 묻히고 맙니다. 천지가 쓸쓸하게 지내는 것을 본 화연은 다시 천지를 위하는 척 다가갑니다. "미안해. 난 정말 그런 줄 알았지 뭐니."라면서요. 물론 진심이 아니었습니다. 마치 위로하는 척 놀리는 거였죠. 마침내 두 사람은 가해자와 피해자 사이로 전락하고 맙니다.

천지도 당하고만 있지는 않았습니다. 중학교 1학년이 된 천지는 국어 수행평가 시간에 화연을 겨냥해 "조잡한 말이 뭉쳐 사람을 죽일 수도 있습니다. 당신은 혹시 예비 살인자가 아닙니까?"라는 문구를 발표하죠. 화연의 행동을 자신의 몸에 데이터처럼 저장해 온 천지는 그렇게 경고와 자살을 암시하기에 이릅니다. 화연은 식은땀을 흘리며 발표를 들었지만 그것으로 끝이었어요. 여전히 뻔뻔하게 천지를 은근히 따돌리죠. 화연은 "그렇게 이상한 애는 아니야."라고 천지를 두둔하는 척하며 친구들 앞에서 우쭐거리다가, 다시 "이상한 애"라고 수군거리면서 몰아붙였어요. 결국 친구들은 화연의 잘못보다 천지가 공개적으로 화연을 겨냥해 발표한 것을 더 싫어하게 되었죠.

"아까 발표한 거, 누구 들으라고 쓴 거야?"

"전에 화연이가 사과한 거 같은데, 너 은근 피곤하다."

천지는 화연의 잘못을 알리려고 글을 썼지만 오히려 주위 친구들에게 비난만 받을 뿐이었습니다. 화연의 지속적인 따돌림, 그리고 친구들의 외면으로 천지는 정서적으로 완전히 고립되고 말죠. 더 이상 대화를 나누고 마음을 함께할 사람을 찾지 못했습니다. 마침내 천지는 세상에 대한 미련을 버리고 맙니다. 자신을 위로해 줄 그 누구도 만나지 못한 채 세상을 떠난 것이죠. 단 한 사람이라도 정서적으로 지지해 주었더라면 비극이 멈췄을 텐데요.

그런데 화연은 어째서 천지를 그렇게까지 못살게 굴었던 것일까요? 천지가 화연에게 아무런 잘못도 한 일이 없는데 말입니다. 화연은 처음부터 악독한 아이였던 것일까요? 대체 무엇이 화연을 악하게 만들어 버렸을까요? 우선 부모님으로부터 제대로 사랑받지 못한 채 자란 것이 하나의 이유가 될 수 있습니다. 엄마로부터 받은 스트레스가 공격성을 더 키우게 했으니까요. 하지만 그것이 전부일까요?

화연은 가족으로부터 지지를 받지 못하는 자존감 낮은 소녀였습니다. 그랬기 때문에 친구 관계에서 늘 조마조마하고 불안한 마음을 가지고 있었어요. 자신을 존중하지 않았기 때문에 당당하지 못했고 그런 까닭에 친구 관계가 원만하지 않았습니다. 천지를 자살로 내몬 장본인이었지만 화연의 내면도 한 꺼풀 벗겨 보면 상처투성이였죠. 자존감이 낮았던 화연은 친구를 사귀기 위해 돈을 많이 쓰는 편이었습니다. 친구들은 화연이 쓰는 돈으로 재미를 느끼면서도 진정으로 마음을 열지는 않았어요.

"너 별명이 뭔지 아냐? 지갑이야, 지갑. 공짜 지갑. 하하하!" 화연은 돈을 쓰면서도 친구들의 비웃음을 들어야만 했습니다. 화연은 초조하고 불안했습니다. 어떻게든 자존심을 세워서 분위기를 바꿔보고 싶었죠. 그때 자기보다 더 어리숙해 보이는 천지가 나타났고 화연은 불안의 화살을 천지에게 돌렸습니다. 천지를 따돌리면서 친구들로부터 인정을 받았고 자존감을 높일 수 있었으니까요. 화연에게는 천지를 따돌리는 일이 자기 자신을 지키는 행위였을지 모릅니다. 겉으로는 가해자로 보였던 화연도 알고 보니 피해자였던 것입니다. 이 작품이 왕따와 자살이라는 흔한 소재를 다루면서도 특별한 의미를 지니는 이유는 작가가 가해자 화연에 대한 연민까지 보여 주는 데에 있어요. 피해자와 가해자의 모습을 단순히 선악의 대결 구도로만 그리지 않았던 것입니다.

소설을 읽으면서 가장 가슴 아픈 점은 이 소설의 내용이 허구가 아니라 현실 사회에서도 고스란히 재현되고 있다는 사실입니다. 우리나라 청소년의 사망 원인 1위는 안타깝게도 자살입니다. 청소년의 자살 증가율은 앞에서 살펴본 것처럼 세계적으로 가장 높은 수준입니다. 스스로 목숨을 끊는 청소년들이 꾸준히 늘어난다는 것이 더 비극적이죠.

통계청 발표에 따르면 우리나라 청소년 자살 원인 1위는 성적과 진학 스트레스이고, 가정불화, 경제적 어려움, 외로움, 친구의 따돌림 등이 그 뒤를 잇고 있다고 합니다. 입시에 휘둘리는 교육, 사회적 성공을 강요하는 가족, 왕따가 만연한 교실 분위기 등 개인을 둘러싼 사회구조적 요인이 청소년들을 괴롭히고 있죠. 글쓴이 김려령 작가는 이 소설이 "말도 없이 떠나간 아이들을 위한 씻김굿"이라고 말합니다. 떠난 영혼이 편안하게 가도록 길을 열어 주고, 남은 사람들에게 반성의 시간을 준다는 의미에서죠. 평범한 소년 소녀의 죽음은 '우리가 사는 세상이 올바른 것인가' 하는 질문을 던지고 있습니다.

교활해서 더 나쁜, 우아한 거짓말

주인공 천지의 죽음이 정말 안타까워요. 하지만 천지가 죽은 것을 모두 화연의 탓으로만 돌릴 수 있을까요?

천지의 죽음을 화연의 탓으로만 돌리는 것은 무리가 있죠. 물론 궁지에 몰린 친구를 따돌리는 행위는 명백한 잘못입니다. 하지만 따돌림당하는 학생들이 모두 죽기로 마음먹는 것은 아니에요. 욕설과 구타, 금품 갈취 등 더 심한 폭력에 시달리고도 꿋꿋하게 극복하는 학생들도 많으니까요. 천지가 극단적인 선택을 한 이유는 마음이 연약한 점이 한몫했다고 봅니다. 천지의 성향이 스스로를 그렇게 내몬 측면이 있어요. 엄마와 언니한테 적극적으로 고통을 터놓고 말하지 못한 채 혼자서 끙끙 앓았으니까요. 가족한테 알리면 걱정할까 봐 말하지 못한 것인데, 고통을 나누면 반이 된다는 말이 있듯이 천지가 자신의 고통을 적극적으로 알렸더라면 극단적인 선택으로 이어지지는 않았을 것입니다. 혼자서 짊어져야 한다고 생각할 때가 가장 위험한데, 천지는 혼자서 모든 것을 감당하려 했죠.

천지도 누군가에게 말하고 싶지 않았을까요? 어째서 천지는 마음의 병을 다른 사람과 나눌 생각을 하지 않았을까요?

천지도 누군가에게 간절하게 자기 심정을 말하고 싶었겠지만 마음이 연약해서 안 된 거죠. 또 국어 수행평가 시간에 화연에 대해 글을 썼지만 친구들에게 거부당하기도 했고요. 여러 경험을 겪으며, 천지는 자존감이 바닥을 치고 있었어요. 스스로 어느 정도 자존감이 있어야 남 앞에서 자기 이야기를 할 수 있을 텐데 말이에요.

이런 상황에서 사람들은 안 좋은 모든 일들을 자신의 책임으로 받아들이는 경향이 있어요. 분노의 화살을 타인에게 쏘지 않고 자기 자신에게 돌려 버리죠. 천지는 심각한 우울증을 앓고 있었던 것입니다. 사람이 스트레스에 지속적으로 노출되면 코르티솔이라는 호르몬이 과도하게 분비되어 뇌의 해마를 손상시킨다고 합니다. 그 결과 스스로 스트레스를 조절하는 데에 실패하고 말죠. 따라서 우울증은 의지로 털어 낼 수 있는 병이 아니에요. 모든 일에 의욕이 떨어지고 무기력해지는 데다가 언제 자살 충동으로 이어질지 모른다는 점에서 몸에 직접 생기는 병보다 더 치명적일 수 있는 질병입니다. 어린 천지가 우울증을 앓았으니 혼자서 병을 극복하기란 쉽지 않았을 것입니다. 다른 사람과 고민을 나눌 생각조차 하기 어려웠을 테고요. 이럴 때는 주위 사람들이 눈치를 채고 가능한 한 빨리 전문가의 도움을 받도록 해야 하는데, 그런 부분이 많이 아쉬웠죠.

아, 그렇군요. 지속적인 스트레스가 결국 비극의 원인인 셈이네요. 그런데 이 책의 제목은 어째서 '우아한 거짓말'일까요? 주제와 관련성은 없을까요?

저는 천지의 죽음과 관련해서 제목의 의미를 생각해 봤어요. '우아한 거짓말', 어쩌면 이 말에 자살의 비밀이 담겨 있는지도 모르죠. 거짓말이 우아하다? 이 표현에는 우리가 국어 시간에 배운 역설법이 사용됐어요. 역설법은 앞뒤가 논리적으로 맞지 않는 속성을 이용해서 강한 메시지를 전달하는 방법이죠. 그렇다면 우아한 거짓말에는 어떤 의미가 담겨 있을까요? 먼저 반대 상황을 떠올려 보죠. 우아하지 않고 거친 거짓말, 이런 거짓말은 상대방도 쉽게 눈치를 챕니다. 세련되지 못한 말투와 행동이 그게 거짓말이라는 사실을 알려 주거든요. 거친 거짓말을 듣는 순간, 사람들은 그 속에 숨겨진 진실을 깨닫고 거부감을 느끼게 됩니다. 그런데 우아한 거짓말은 어떨까요?

이 경우 거짓말하는 사람의 의도를 파악하기가 어렵습니다. 화연도 겉으로는 호의를 베푸는 척하면서 은근히 천지를 따돌렸죠.

이럴 때 당하는 사람은 한참 뒤에 배신감을 느끼거나 아니면 계속 헷갈려 합니다. 그렇기 때문에 천지도 바로 맞받아치거나 대응하기 힘들었고, 머릿속에 혼란만 가득 찼죠. 나중에 의도를 알았을 때는 심한 배신감을 느꼈을 거예요. 그리고 속았다는 마음에 자존감이 나락으로 떨어지면서 우울증이 찾아왔을 것입니다.

소설에서 등장하는 일들이 실제 현실에서 일어나기도 할까요? 다시 말해 우리 사회에서 우아한 거짓말을 찾아볼 수 있을까요?

우아한 거짓말로 사람을 은근히 따돌리는 상황은 학교뿐만 아니라 직장에서도 아주 흔하게 존재해요. 일종의 사회심리 현상처럼 널리 퍼져 있죠. 지역이나 성별, 학벌이 다르다는 이유로 차별하거나 편견을 갖는 일은 물론이고, 편을 갈라서 상대방을 위험에 빠뜨리기도 합니다.

최근 신문 기사를 보니 요즘 중학교에서는 은따를 주도하는 '복도걸'이 기승을 부린다고 해요. 복도걸은 쉬는 시간에 복도로 몰려나가 무리 지어 다니는 여학생들을 가리키는 신조어인데, 특정 학생을 면박하거나 무시하면서 은따를 조장하고 있죠. 그런데 이들은 불량 학생도 아닌 데다, 욕설이나 폭력을 가하는 것도 아니어서 처벌하기가 힘들다고 합니다. 천지가 당한 고통도 이처럼 피해의 증거나 처벌의 사유가 확실하지 않았기 때문에 더 무서운 것입니다.

사람들이 남과 나를 구분 짓고, 자신과 다른 신념이나 가치관을 지닌 사람에게 공격적으로 대하는 일은 오래된 인습이에요. 상대가 약자일수록 희생양으로 삼아 더욱 폭력적으로 대할 때가 많죠. 이제는 이런 야만적이고 비열한 문화에서 벗어나 다 함께 공존하는 문화를 찾아야 할 때가 아닌가 싶어요.

환경은 인간에게 어떤 영향을 미칠까?

소설을 읽으면서 인간이 환경에 지배받는 존재라는 사실을 다시 한 번 실감하게 되었는데요. 인간이 주어진 상황을 극복하는 것이 그렇게 힘든 일일까요?

심리학에 동조 이론이라는 게 있어요. 심리학자 솔로몬 애쉬가 선분이 그려진 두 장의 카드를 놓고서 진행한 실험에서 유래한 말이죠. 애쉬는 7명의 실험 참여자들에게 하나의 선분이 그려진 카드 A를 보여 준 뒤, 이어서 세 개의 선분이 그려진 카드 B를 보여 주었습니다. 세 개의 선분 가운데 하나는 카드 A에 그려진 선분과 길이가 같았죠. 애쉬는 오답을 말하는 6명의 동조자를 미리 배치한 후에, 진짜 실험자 1명에게 카드 B의 선분 가운데 어떤 것이 카드 A의 선분과 길이가 같으냐고 물었습니다. 참여자는 분명히 뭔가 이상하다고 느끼면서도 동조자들처럼 길이가 짧거나 긴 선분이 카드 A의 선분과 같다고 말하게 되죠. 인간이 주변의 압력에 영향을 받는다는 사실을 증명하는 단적인 실험이었어요.

실험에서 알 수 있듯이, 사람이 자기에게 주어진 상황을 극복한다는 것은 쉽지 않습니다. 소설에 등장하는 화연이나 천지도 주어진 상황을 극복하지 못한 채 불행 속으로 빠져들어요. 화연은 자신에게 무관심한 가족 분위기 때문에 잘못을 저지르게 되고, 천지는 자신을 따돌리는 분위기에 맞서지 못하고 무너져 버리죠.

외부의 자극이나 환경이 인간의 의지에 큰 영향을 준다는 말씀이네요. 그렇다면 우리 현실에서 일어날 수 있는 사례에는 무엇이 있을까요?

외부 자극이 인간의 생각이나 행동에 영향을 주는 상황은 아주 단순한 사실에서도 확인이 가능해요. 예를 들면 배가 고프지 않아도 치킨이나 피자를 보면 먹고 싶다는 욕망이 생기고, 달리기를 할 때도 파트너가 있으면 더 열심히 뛰어야겠다는 생각이 들죠. 마라톤과 같은 장거리 경주를 할 때 흔히 '페이스메이커(pacemaker)'가 있잖아요. 동료가 더 잘 뛸 수 있도록, 그 선수의 목표가 될 만한 속도로 빠르게 뛰어 분위기를 만들어 주는 역할을 하는 사람이요. 아무리 좋은 선수라 해도 혼자 뛰면 그만큼 덜 뛰게 되거든요.

그뿐이 아니에요. 인간이 환경에 영향을 받는다는 것은 우리가 흔히 쓰는 '견물생심(見物生心)'이란 말에도 반영되어 있어요. 본래 이 말은 '물질을 보면 마음이 동한다'는 뜻으로 욕심을 경계하라는 교훈을 담고 있죠. 하지만 뒤집어 보면 사람의 마음이 자극이나 환경에 그만큼 취약하다는 사실을 암시하고 있습니다.

그런데요, 소설을 읽다 보면 천지의 언니, 만지는 천지와는 많이 다른 것 같아요. 만지는 생각보다 공부도 잘하고 밝고 명랑한 면이 있거든요. 같은 환경에서 자랐는데도 이렇게 다른 걸 보면, 환경이 인간의 행동을 결정한다고 보기는 어렵지 않나요?

어려운 문제인데요, 만지는 분명히 천지와는 달라요. 같은 가정 환경에서 자랐는데도, 아주 씩씩하고 당찬 성격을 지녔습니다. 자주 전학을 다녔고 가난도 함께 겪었는데 만지는 외향적인 성격을 지녔죠. 또 천지의 친구인 미라네 가족도 주목해 볼 필요가 있어요. 엄마는 죽고 아빠는 가정을 전혀 돌보지 않는 한부모 가정이지만, 미라와 언니 미란이는 사이가 아주 좋아요. 만지와 미라 자매를 보면 아무리 힘든 상황이나 현실도 인간은 자신의 의지로 어느 정도는 극복할 수 있다는 생각이 드는 게 사실이에요.

물론 만지와 천지에게 놓인 상황이 완전히 같다고는 볼 수 없어요. 일단 만지는 언니이기 때문에 힘든 상황을 천지보다 강하게 헤

쳐 나갈 수 있었을 것입니다. 언니라는 책임감이 어른스럽게 살아
가도록 만든 것이죠.

그러니까 결국 환경이나 조건이 전적으로 인간의 행동을
결정짓지는 않는다는 말씀이시죠?

네, 맞아요. 환경이나 조건이 인간에게 큰 영향을 미치는 것은 분
명하지만, 그것이 결정적으로 작용하지는 않는다고 봅니다. 천지처
럼 힘든 상황을 극복하지 못하는 친구도 있고, 만지처럼 상황에 유
연하게 대처하는 친구도 있어요. 이 둘의 차이는 무엇 때문에 생기
는 것일까요? 저는 '자존감'이라고 생각해요. 자신을 존중하는 마음
이 어느 정도인지에 따라 상황에 끌려갈 수도 있고, 상황을 주도할
수도 있는 거죠. 자기 스스로를 존중하는 마음이 없는 사람은 항상
주변의 눈치를 보고, 인정받기를 갈구합니다. 자기 스스로에게 만
족하지 못한다면, 언제나 상황에 종속될 수밖에 없는 거죠. 권위에
쉽게 복종하고, 여론에 민감하며, 자기 주관 없이 살아가게 됩니다.
자기를 존중하는 마음, 그 안에서 환경을 이겨 내는 의지도 만들어
지는 거예요.

문학은 치유와 공감의 언어다

『우아한 거짓말』은 한 소녀가 스스로 목숨을 끊은 비극적인 이야기입니다. 소설을 읽다 보면 안타까움과 슬픔이 느껴져 가슴이 먹먹해지죠. 어느 순간에는 불안한 감정이 이입되어, 마치 금이 간 유리 바닥을 맨발로 걷는 듯한 심정을 느끼게 됩니다. 그런데 참 이상하죠? 어째서 우리는 이처럼 가슴 아픈 이야기를 굳이 찾아서 읽는 것일까요? 우리 마음을 즐겁고 편안하게 해 주는 소설이 얼마든지 많은데도 말이죠.

이 질문에 답하기에 앞서 한 가지 질문을 해 볼게요. 왜 사람들은 사실도 아닌 가상의 이야기에 슬픔을 느낄까요? 더 이상한 점은 이런 일이 실제로 벌어져 뉴스로 접하면 감정이 이만큼 뜨겁지는 않다는 것입니다. 천지의 사연을 보도로 접했다고 생각해 보세요. 아마 대부분의 사람들이 당사자를 괴롭혔던 주변 친구나 무관심했던 가족을 잠시 비난하는 데에 그칠 거예요. 그렇다면 왜 우리는 지어낸 이야기에서 더 생생한 아픔과 슬픔을 느낄까요?

신문은 사실을 전달하는 언론 매체입니다. 우리는 어떤 사실을 접하면 해당 정보를 머릿속에 입력하는 작업을 합니다. 이는 이성의 활동 영역에 해당해요. 객관적인 정보를 받아들인 뒤에 논리적인 판단을 내리는 거죠. 이와 달리 소설은 간접 체험의 장(場)을 제공하는 문학이에요. 사실 여부를 떠나 독자들이 등장인물에게 자신의 감정을 활발히 이입하도록 만들죠. 이는 이성이 아니라 감성의 지배 영역입니다.

작가는 독자가 사건 현장 속으로 직접 들어가서 인물들과 함께 호흡하는 느낌을 받도록 상황과 배경을 실감 나게 묘사합니다. 이로부터 얻어지는 공감은 사실보다 더 큰 힘을 갖게 돼요. 실제 죽음을 보도한 기사는 침착하게 보면서도, 그것을 가상으로 그린 소설을 보고는 오열하는 이유가 바로 여기에 있죠. 그리고 이러한 공감은 독자가 주인공과 비슷한 처지일 때 더욱 커지게 됩니다. 『우아한 거짓말』의 경우 따돌림이나 가족과의 갈등으로 고민해 본 적이 있는 학생이 더 가슴 절절하게 읽을 수 있겠죠.

자, 그렇다면 공감은 어떤 효과를 불러일으킬까요? 공감은 영어로 'sympathy'입니다. 원래 'sym'은 '함께', 'pathy'는 '고통'을 뜻하는 단어예요. 따라서 sympathy는 '고통을 함께하다'라는 의미를 내포하고, 실제로 동정심으로 번역되기도 합니다. 공감은 우리가 주인공의 비극에 동정심을 느끼며 고통을 나눠 가지려는 방향으로 나아가게 만듭니다. 그러면서 우리에게 치유와 정화를 선물해 줘요. 작품 속 등장인물의 아픔을 공유하는 과정에서, 그동안 느껴 온 불안이나 공포, 우울감을 함께 나눌 수 있기 때문이죠. '나만 고통받는 게 아니구나', '나만 불안한 게 아니구나'라는 생각에 이르면 사람들은 외로움에서 벗어나 심리적인 안정을 찾습니다. 이러한 과정을 통해 우리는 문학적 치유를 경험하게 됩니다. 여러분이 『우아한 거짓말』을 읽고 슬픔과 분노, 안타까움을 느낀 것도 결국은 나 자신이 가진 내면의 상처를 치유하는 과정이었다고 할 수 있어요.

또 우리가 실컷 울고 나서 마음이 후련해진 이유는 문학의 기능 가운데 하나인 '카타르시스(Katharsis)'에서 찾을 수 있습니다. 카타르시스는 원래 정화·배설을 뜻하는 그리스어인데, 지금은 우리가 문학작품을 읽으며 감정을 순화시키는 것을 의미합니다. 좋지 않은 감정들을 밖으로 꺼냈으니 마음이 순화되는 거죠. 실제로 카타르시스를 느낄 때 눈물과 함께 스트레스성 물질들이 몸 밖으로 배출된다고 해요. 이처럼 문학은 상처를 어루만져 주고, 마음의 때를 씻겨 주는 역할을 합니다. 그러니 만약 여러분이 감당하기 어려운 고통과 슬픔에 빠져 있다면 좋은 시나 소설을 읽으며 치유를 시도해 보는 것은 어떨까요?

BOOK 2

사람은 사랑 없이 살 수 없다
『자기 앞의 생』

　°누구나 사는 동안 한 번쯤 '나는 누구인가?'라는 질문을 스스로에게 던져 보았을 것입니다. 특히 자신의 의지를 실천하지 못하고 타율적으로 살아가거나 혹은 마음이 혼란스러워 갈피를 잡지 못할 때 정체성에 대한 의문이 들고는 하죠. 극도의 불안과 초조를 느끼거나 정신적인 충격을 받았을 때도 마찬가지입니다. 일생을 통틀어 보면 스스로 감정을 절제하지 못하는 청소년 시기에 정체성에 대한 질문을 가장 많이, 자주 하게 되는 듯합니다.

　그러면 정체성을 구성하는 요소는 무엇일까요? 자기소개를 떠올려 보세요. 가장 먼저 고향과 가족이 떠오를 것입니다. 어디에서 태어났고, 가족은 누구인지를 밝혀서 자기가 어떤 사람인지 드러내 곤 하죠. 어떤 사람은 어느 유명한 위인의 몇 대 손이라고 자랑스럽 게 말하기도 해요. 핏줄과 고향이 정체성으로 들어가는 입구인 셈 입니다. 다음에는 자신이 다니는 학교나 직장, 자기가 좋아하는 취 미나 특기 등을 이야기하고, 이루고 싶은 꿈과 소망을 밝히기도 합 니다. 그 밖에 해외에 나간 사람들은 국가와 민족을 내세우기도 하 고요. 이 모든 게 정체성을 이룹니다. 어딘가에 소속되어 있거나 자 신을 증명하는 근거가 정체성을 구성하는 요소가 되는 것입니다.

그런데 자신의 정체성에 대해 확신이 들지 않으면 어떨까요? '나 는 누구인가'라는 질문을 아무리 던져도 답을 찾지 못하면, 어떻게 될까요? 또 자신이 어느 집단, 어느 사회에 속해 있는지 모르겠다 면, 이럴 때는 어떻게 해야 할까요? 그 삶은 결코 쉽지 않을 것입니 다. 경제적으로 먹고사는 데는 지장이 없다 해도 망망대해를 표류 하는 방향키 부서진 선박이나 다름없겠지요. 그렇다면 어떻게 정체 성에 대한 답을 찾을 수 있을까요?

여기 한 소년이 있습니다. 소년은 자신의 부모가 누구인지, 자신 이 정확히 몇 살인지, 태어난 고향이 어디인지도 모른 채 지내고 있 죠. 바로 『자기 앞의 생』에 등장하는 모모의 이야기입니다. 이 소설 은 프랑스 최고 권위의 공쿠르 상을 수상한 로맹 가리의 작품으로, 주인공 소년 모모가 겪었던 정체성의 혼란과 그 극복 과정을 보여 주는 성장소설입니다.

프랑스 파리의 외곽 지역 벨빌. '아름다운 마을'이라는 뜻을 지닌 이곳은 프랑스혁명 시절부터 가난한 노동자들이 모여 사는 지역입니다. 제2차 세계대전 이후에는 북아프리카의 이슬람교도와 베트남인, 중국인, 유태인 들이 뒤섞여 살고 있죠. 생계를 위해 떠돌이 삶을 선택한 이들이 다수를 이루는 곳입니다. 벨빌의 어느 후미진 건물 7층에는 사람들이 '은밀한 집'이라 부르는 집이 있습니다. 돈을 받고 창녀들이 낳은 아이들을 길러 주는 곳이죠. 당시에는 창녀들이 아이를 낳으면 경찰이나 사회복지사들이 곧장 보호시설로 보냈기 때문에, 아이를 기르고 싶은 여자들은 '은밀한 집'에 아이를 잠시 맡겼다가 생활이 안정되면 다시 찾아가곤 했어요. 바로 이곳에 회교도(이슬람교도)식 이름을 가진 모하메드가 살고 있었습니다. 사람들은 소년을 편하게 모모라고 불렀죠.

'은밀한 집'은 유태인인 로자 아줌마가 운영하고 있었습니다. 그녀는 돈을 받고 창녀들이 낳은 아이들을 기르고 있었죠. 로자 아줌마는 본래 폴란드 출신으로 그곳에서부터 몸을 팔기 시작해 젊은 시절 프랑스 파리 거리를 전전하다가, 지금은 나이가 들어 보모 일을 하고 있었습니다. 모모는 세 살 때부터 로자 아줌마에게 맡겨졌고요.

모모가 이곳에 온 지는 11년이나 되었습니다. 아랍 이민자인 부모는 세 살 먹은 아이를 로자 아줌마에게 서둘러 맡기고 회교도로 키워 달라는 말만 남긴 뒤 그 후로 나타나지 않았습니다. 유태인 여자가 회교도의 자식을 돌보게 된 거예요.

다른 아이들은 보호자가 정기적으로 찾아오거나 아예 집으로 다시 데려가기도 했는데 모모에게는 아무도 나타나지 않았습니다. 대신 누군가가 양육비만 보내오고 있었죠. 모모는 로자 아줌마가 돈을 받고 자신을 길러 준다는 사실을 처음 알았을 때 매우 크게 상심했습니다. 아줌마를 엄마처럼 여겼기 때문이에요. 모모는 한동안 혼란스러웠습니다. 자기가 누구인지, 자신을 증명할 수 있는 게 무엇인지 확인할 수 없었기 때문이죠. 그래서 모모는 알제리에서 건너온 하밀 할아버지에게 묻고는 했습니다.

"하밀 할아버지, 저를 증명할 만한 것이 아무것도 없는데 어떻게 제가 모하메드이고 회교도인지 알죠?" 또는 "우리 아빠가 혹시 유명한 도둑이었나요? 사람들이 입에 담기조차 꺼릴 정도로 무서운?"

그러면 지혜로운 하밀 할아버지는 대답했죠.

"모하메드, 너를 낳아 준 사람이 있다는 유일한 증거는 너 자신뿐이란다. 하지만 너는 참 좋은 아이야. 네 아빠는 알제리 전쟁에서 죽었다고 생각하렴. 그건 훌륭한 일이란다."

모모는 엄마가 자신을 찾아왔으면 하고, 어린 마음에 아프다고 발작도 하고 말썽도 부려 봤지만 끝내 아무도 오지 않았습니다. 하지만 모모 곁에는 로자 아줌마가 있었어요. 비록 양육비를 받기는 했지만 그녀는 마음을 다해서 모모를 돌봤습니다. 불행히도 90킬로그램이 넘는 거구여서 늘 아이들과 부대끼느라 지쳐 있었지만 말이죠.

모모의 주변 사람들은 창녀나 성 소수자, 버림받은 아이들, 유태인, 아랍인 등으로 가난하고 사회로부터 소외된 존재들이었습니다. 그러나 사회적 편견과는 달리 따뜻하고 인정이 넘치는 사람들이었죠. 평생 양탄자를 팔며 홀로 살아온 아랍인 하밀 할아버지는 모모에게 지혜를 주었고, 전직 권투 선수에서 지금은 여장 남자로 몸을 팔며 사는 롤라 아줌마는 인정과 의리가 넘쳤어요. 사회적 약자들 곁을 묵묵히 지켜 주는 의사인 카츠 선생님도 모모의 든든한 버팀목이었습니다.

어느덧 시간이 흘러 모모는 '은밀한 집'에서 가장 나이 많은 소년이 되었습니다. 하지만 생활은 더욱 힘들어져 갔어요. 나이 든 로자 아줌마에게 아이를 맡기러 오는 사람도 거의 없었고, 아줌마의 건강도 갈수록 악화되었죠. 로자 아줌마는 더 이상 아이를 돌볼 체력이 남아 있지 않았습니다. 엎친 데 덮친 격으로 모모 앞으로 오던 양육비도 끊겨 버렸습니다. 이제는 모모가 자신을 자식처럼 길러 준 로자 아줌마를 돌봐야 할 처지가 된 것입니다.

어느 날 모모는 로자 아줌마를 대신해 돈벌이에 나섰다가 마음씨 따뜻한 성우 나딘 아줌마를 만나게 됩니다. 아줌마는 모모를 그녀가 사는 아늑한 집에 초대했죠. 모모는 나딘 아줌마랑 함께 살면 좋겠다는 바람을 잠시 가지게 됩니다. 그런데 그녀가 영화 더빙 작업하는 것을 지켜보다가 영상이 거꾸로 가는 장면을 보고는 아픈 로자 아줌마를 떠올립니다. 그러면서 로자 아줌마가 예전처럼 아름답고 행복했던 시절로 되돌아갔으면 좋겠다고 생각하죠. 모모도 로자 아줌마를 남달리 생각했던 것입니다. 모모는 로자 아줌마가 죽으면 자신의 삶이 어떻게 될지 참으로 막막했습니다.

로자 아줌마의 건강이 악화됐다는 소식에 이웃에 살던 카츠 선생님은 자주 왕진을 오는 등 온정을 베풀었습니다. 그는 어려운 처지에 놓인 이들을 도와주는 의사로, 모모를 특별한 아이라 여기고 있었죠. 이웃에 사는 카메룬에서 온 이민자들도 로자 아줌마를 돕기 위해 노력했습니다. 여장 남자 롤라 아줌마도 곁에 머물며 로자 아줌마와 모모를 돌봐 주고요. 하지만 모두의 노력에도 불구하고 아줌마의 병세는 극도로 나빠집니다. 그런데 큰 병원에 가야만 하는 상황에서, 로자 아줌마는 남은 생을 식물인간처럼 살기 싫다며 이를 거부합니다.

그즈음 오랫동안 정신병원에 갇혀 있던 모모의 아버지가 퇴원해서 모모를 찾아옵니다. 하지만 모모에게는 아버지를 만난다는 기쁨이나 설렘이 없었습니다. 모모는 오로지 로자 아줌마에게만 집중했죠. 그리고 행여 모모가 상처를 받을까 봐, 모모 아버지가 정신병자에 엄마를 죽인 살인자라는 사실을 로자 아줌마가 숨겨 온 것도 알게 됩니다. 로자 아줌마의 깊은 사랑을 느낀 모모는 절대로 그녀를 병원에 보내지 않겠다고 맹세합니다. 모모는 그토록 알고 싶었던 아버지보다 자신에게 오랫동안 사랑을 베풀어 준 로자 아줌마에게서 자신의 정체성을 찾게 됩니다. 함께 생활하고 함께 사랑하는 사람이 모모의 정체성을 만들어 준 것입니다.

모모는 프랑스에 살고 있지만 프랑스인이 아닌 아랍인, 즉 외부인이었습니다. 주변 사람들도 하나같이 주류와는 거리가 멀었죠. 과거 프랑스 식민지였던 세네갈·카메룬·알제리 출신의 이주민을 비롯해 유태인과 이슬람교도, 성 소수자에 이르기까지, 모두 사회적 편견에서 자유롭지 못한 소외 계층이자 정체성이 모호한 경계인들이었습니다. 작가는 이들의 어둡고 고단한 삶을 통해 무엇을 전하고 싶었던 것일까요?

이 책을 읽다 보면 보통 사람들과는 너무도 다른 등장인물들의 삶에서 경계심과 거리감이 느껴지기도 합니다. 그런데 얼마 지나지 않아 이들에 대한 편견을 거두고 깊이 공감하게 되죠. 이는 작가가 소외 계층과 경계인에 대한 애정과 연민을 담아 이 작품을 썼기 때문일 거예요. 그들의 아픔을 오롯이 담아낸 따뜻하고 담담한 시선은 독자들의 마음에 진한 울림을 줍니다.

경계인의 삶을 조명한 이유

소설을 읽으면서 범죄가 자주 일어날 것 같은 공간을 지나치게 로맨틱하게 그린 것은 아닌가 하는 생각이 들었습니다. 어떻게 생각하시나요?

이 소설에 등장하는 '은밀한 집'은 아주 음산하고 지저분한 곳으로 설정되어 있습니다. 낡은 7층 빈민 아파트에 엘리베이터도 없고 곳곳에 오물이 가득하니 말이에요. 게다가 그 지역에는 보편적인 생활과는 거리가 먼 불법 이민자들과 성 소수자, 고아, 창녀 등이 모여 살았으니 심리적으로 거부감이 들게 마련이죠. 또 창녀였던 로자 아줌마가 아이들을 맡아 기른다는 설정도 예사롭지 않아요. 이런 환경에서 모모가 마음씨 따뜻한 아이로 자란 게 기적 같기도 합니다. 솔직히 현실에서는 이런 일이 쉽지 않을 거예요.

하지만 사회의 주류에 편입되지 않은 이들의 생활을 불행하다고

만 여기는 것도 어쩌면 선입관일 수 있어요. 우선 작품에 등장하는 하밀 할아버지는 평생 양탄자 행상으로 살았지만 지혜로운 사람입니다. 늘 모모를 위로하고 격려해 주는 좋은 친구죠. 또한 여장 남자이자 창녀인 롤라 아줌마는 의리와 정이 넘쳐요. 로자 아줌마가 아파서 돈을 벌지 못하자 아무 조건 없이 모모에게 돈을 건네며 생활을 돕기도 합니다. 또 모모가 특별한 아이라고 칭찬해 준 의사 카츠 선생님도 따뜻한 사람이에요. 주변이나 변두리에서 살아간다고 해서 그들을 부정적으로 바라보는 것은 편견일 수 있어요. 작가 로맹 가리는 주어진 생(生)을 살아 내는 소외 계층을 아무런 편견 없이 바라보고, 무한한 애정과 연민을 담아 이 작품을 썼죠. 아마 여기에는 작가의 삶이 반영되어 있을 것입니다.

작가 로맹 가리는 어떤 사람이었나요? 프랑스 최고 권위의 공쿠르 상을 두 번이나 수상한 작가로 알려져 있던데요.

이 작품은 본래 로맹 가리가 자신의 본명이 아니라 '에밀 아자르'라는 필명으로 발표한 소설이에요. 죽기 전까지 자신이 에밀 아자르라는 것을 밝히지 않았기 때문에, 사람들은 그 둘이 다른 사람인 줄 알고 있었죠. 로맹 가리와 에밀 아자르가 동일인이라는 사실은 권총 자살로 생을 마감한 뒤 그가 남긴 유서를 통해 세상에 알려지게 됩니다. 그런 까닭에 그는 평생 한 번밖에 받을 수 없는 공쿠르 상을 한 번은 로맹 가리로, 또 한 번은 에밀 아자르로 두 번이나 받았죠. 그가 필명을 썼던 이유는 다름이 아니라 세상 사람들의 편견에 갇히지 않기 위해서였다는데, 자신의 삶만큼이나 독특한 발상이라고 할 수 있습니다.

『자기 앞의 생』은 작가의 삶과도 긴밀하게 연관되어 있는 작품이에요. 로맹 가리는 러시아계 유태인으로 어린 시절 어머니와 단둘이 프랑스로 이민 와 살았는데, 성장 과정에서 '소외, 인권, 소수자, 불평등, 편견' 등의 문제를 누구보다 치열하게 고민했죠. 그 덕분에 그의 작품에는 인간의 존엄성과 권리에 대한 성찰이 담겨 있습니다.

로맹 가리가 소수자에게 연민을 느낀 이유가 있었군요. 하지만 제 생각에는 지나치게 긍정적으로 그린 것은 아닌가 하는 생각이 여전히 남아 있어요. 현실을 왜곡하는 게 아닐까요?

우선 현실에서 창녀, 고아, 성적 소수자, 불법 이민자 등을 바라보는 시선은 아주 차갑습니다. 이들을 잠재적 범죄자로 보고, 법을 어기고 범죄를 저지르며 폭력을 휘두를 것처럼 생각하곤 하죠. 심한 경우에는 사회악으로 여기는 사람들도 많아요. 그러나 사실 그들은 강자가 아니에요. 폭력을 행사하기보다 오히려 폭행이나 무시를 당하는 위치에 있죠. 더군다나 이들에게 경찰을 비롯한 공권력온 두려움의 대상이에요. 물론 이들도 법을 어기면 반드시 처벌을 받아야 하는 건 당연합니다.

『자기 앞의 생』에 등장하는 이들은 자발적으로 변두리에 모여든 게 아니라 어쩔 수 없는 사연을 안고 떠밀려 온 사람들입니다. 로자 아줌마는 제2차 세계대전을 겪은 유태인으로, 먹고살기 위해 창녀로 전락해 벨빌로 흘러들어오고, 알제리 출신의 하밀 할아버지는 양탄자 행상을 하며 전 세계를 떠돌다가 이곳에 정착하죠. 무엇보다 이들에 대한 사회적 냉대는 삶을 더욱 고단하게 합니다. 문학은 이런 고단한 삶을 위로하고, 사회가 지닌 편견을 걷어 내는 일을 해 줍니다.

편견을 없애고, 소외된 이들을 위로하기 위해 따뜻하게 그렸다는 말씀이네요. 생각해 보니 우리 소설에도 유독 사회적 약자들이 많이 나오는 듯합니다. 어떻게 생각하세요?

우리 소설에도 일제강점기나 해방 전후, 6·25 전쟁 등 사람들의 삶이 척박하고 피폐했던 시절의 이야기를 그린 작품이 많아요. 산업화 시기인 1970년대를 배경으로 한 문학작품만 봐도 그렇습니다. 역사에서는 '한강의 기적'이라고 평가하지만 그 시절을 아름답게 그린 작품은 찾아보기 힘들죠. 산업화 과정에서 어려움을 겪거나 소외된 계층의 이야기를 다룬 작품이 더 많이 창작되었습니다. 대체로 소설은 보편적인 삶을 다루기보다는 어렵고 힘들게 살아가는 사람들의 이야기에 더 집중하고 있어요. 독자들은 약자의 슬픈 현실에 공감하며 카타르시스를 느끼거나 사회를 비판적으로 성찰하게 됩니다. 로맹 가리도 자신이 보고 느낀 사회의 어두운 이면에 주목해 이 작품을 썼을 것입니다.

한 가지 주목할 것은 로맹 가리는 소외 계층을 그저 불쌍한 약자로만 그리지 않았다는 점입니다. 이들의 대화와 삶의 태도를 통해, 독자들이 생의 진정한 의미를 깨닫도록 하고 있죠. 특히 그는 하밀 할아버지의 말을 통해 굵직한 메시지를 전달하고 있어요. 하밀 할아버지는 "완전히 희거나 검은 것은 없단다. 흰색은 흔히 그 안에 검은색을 숨기고 있고, 검은색은 흰색을 포함하고 있는 거지."라고 모모에게 말한 적이 있어요. 우리 삶이 결국 그런 것이 아닐까요? 어떠한 환경에서 살아가든 결국 모두가 삶에서 고통, 희망, 미움, 사랑 등을 품게 마련이잖아요. 그리고 우리는 누구나 힘껏 '자기 앞의 생'을 끌어안아야 하고요.

로자 아줌마의 죽음을 어떻게 볼 것인가?

책의 결말이 꽤 충격적이에요. 모모가 죽은 로자 아줌마와 함께 건물 지하실에서 적지 않은 시간을 지내다가 발견되잖아요.

모모는 어째서 로자 아줌마를 병원에 데려가지 않았을까요?

　모모에게 로자 아줌마의 죽음은 너무나 슬픈 일이었습니다. 여 태껏 모모를 길러 준 로자 아줌마는 그에게 가족이나 다름없었으니 까요. 모모는 로자 아줌마를 마지막 순간까지 정성껏 돌보고 싶었 을 것입니다. 값비싼 향수를 로자 아줌마에게 계속 뿌려 주는 것만 봐도 모모가 얼마나 그녀를 진심으로 사랑했는지 알 수 있죠. 그런 데 병이 깊어진 로자 아줌마는 생의 마지막을 준비하면서 병원에서 의 연명 치료를 거부했습니다. 식물인간처럼 지내며 목숨만 부지하 느니 차라리 죽는 것이 낫다고 생각한 거죠. 모모는 그런 로자 아줌 마를 위해 큰 병원에 가야 한다는 카츠 선생님을 따돌리고, 아줌마 가 미리 마련해 둔 지하실('유태인 동굴')로 그녀를 데려갔습니다.

　모모는 로자 아줌마가 힘들고 어렵게 살아왔는데 죽음마저 당신 뜻대로 하지 못한다면 너무나 슬플 것이라고 생각한 듯합니다. 또 정신이 들 때마다 로자 아줌마가 병원에 보내지 말아 달라고 애원 한 것을 모모가 외면할 수는 없었고요. 어차피 무의미한 연명 치료 만이 남아 있는 상황이었거든요. 모모는 로자 아줌마가 자신의 삶 을 스스로 정리하도록 도와준 셈입니다.

　하지만 카츠 선생님의 의견은 달랐어요. 카츠 선생님은 어떻게든 로자 아줌마를 병원으로 옮기고자 했죠.

카츠 선생님의 입장은 어떤 것이었을까요?

카츠 선생님은 아주 훌륭한 분이에요. 평소 어렵고 가난한 이들에게 의술을 베푸는 것도 멋져 보였지만, 끝까지 생명을 소중하게 여기는 모습은 참으로 인상적이었습니다. 그는 삶과 죽음은 인간이 결정하는 게 아니라고 봤어요. 따라서 목숨이 붙어 있는 한 살기 위해 최선을 다해야 한다고 생각했죠.

세계적인 정신의학자 빅터 프랭클은 『죽음의 수용소에서』라는 책에서 "'왜' 살아야 하는지 아는 사람은 그 '어떤' 상황도 견딜 수 있다"면서, '인간이 삶의 의미와 목표를 상실하면, 더 이상 살아갈 힘을 얻을 수 없다'고 말했습니다. 나치에 의해 400만 명의 유태인이 학살된 아우슈비츠 수용소에서조차도 삶의 의지가 강한 이들은 살아남았다는 사실을 자신의 경험을 통해 밝힌 것이죠. 마찬가지로 작품 속 카츠 선생님도 로자 아줌마가 삶의 의지를 잃지 않아야 한다고 생각한 것입니다. 좋아질 거라는 기대를 잃으면 병은 더 악화되고, 죽음은 훨씬 빨리 찾아오게 되니까요.

요즘 우리 사회에서도 한동안 존엄사에 대해 논란이 있었습니다. 이 문제와 관련지어 한 말씀 부탁드릴게요.

모모의 곁에서 세상을 떠난 로자 아줌마의 죽음을 존엄사라고 말하기에는 조금 무리가 있어요. 하지만 본질적인 내용은 비슷합니다. 로자 아줌마는 어차피 치료가 불가능한 상황에서, 식물인간으로 살아가기를 원치 않았습니다. 무의미한 연명 치료를 거부한 것이죠. 이처럼 무의미한 연명 치료를 중단하고 인간으로서 최소한의 존엄을 유지하면서 자연적으로 죽음을 맞이할 수 있도록 하는 것을 존엄사라고 합니다.

현재 우리나라(2018년 2월 '연명의료결정법' 시행)를 비롯한 일부 국가에서는 존엄사를 법적으로 인정하고 있어요. 하지만 여전히 우려의 시선은 남아 있습니다. 자칫 치료 중단이 생명을 경시하는 분위기로 이어질 염려가 있거든요. 가족들의 경제적 부담을 덜어 주기 위해, 혹은 삶의 의욕이 사라졌다는 이유로 치료를 중단할 수도 있기 때문입니다. 이 경우 자살과 큰 차이가 없겠죠. 이런 부작용을 막기 위해 치료를 중단할 때는 엄격하고 신중한 결정이 이루어져야 해요. 우리나라에서는 반드시 전문적인 의료진의 동의가 있어야만 치료 중단과 존엄사가 가능합니다.

작품 속 로자 아줌마의 경우에는 당시 존엄사 제도가 존재했다면 이를 인정받았을 확률이 매우 높아요. 로자 아줌마의 나이와 병의 심각성을 생각했을 때 어쩌면 당연한 일이겠죠. 죽음을 좋아하는 사람은 없을 것입니다. 죽는다는 것은 너무도 싫고, 두렵고, 무서운 일이죠. 하지만 이를 피할 수 없다면, 죽음으로 다가가는 동안 좀 더 인간적인 품위와 존엄을 지키고 싶을 것 같군요.

앞서 밝힌 것처럼 책의 결말이 놀라웠는데요. 어째서 작가는 모모가 죽은 로자 아줌마의 곁을 떠나지 않도록 설정한 것일까요? 친절한 나딘 아줌마에게 갈 수 있었을 텐데요.

모모와 로자 아줌마의 마지막 시간을 감동적으로 그리기 위해서 겠죠. 누군가의 생명이 스러져 갈 때, 온전히 함께해 주는 것이야말로 진정한 사랑이 아닐까요? 모모는 아줌마가 유태인 동굴에서 생을 마감하는 것을 지켜보았어요. 그녀는 원하던 대로 잠자듯 편안하게 숨을 거두었죠. 모모는 아줌마가 점점 푸르게 굳어 가는 자신의 모습을 싫어할까 봐 얼굴에 알록달록 화장을 해 주고, 냄새를 덮기 위해 향수를 뿌려 주었습니다. 그러면서 사람들에게 발견되기 전까지 무려 3주간이나 주검 곁을 지켰죠. 이는 사랑하는 가족에게도 쉽지 않은 일입니다.

아줌마를 떠나보낸 후, 모모는 나딘 아줌마네 시골 별장에 잠시 머물게 됩니다. 그때 마침내 깨닫게 돼요. 하밀 할아버지가 예전에 "사람은 사랑할 사람 없이는 살 수 없다"고 했던 말의 의미를. 그리고 소설은 "사랑해야 한다."라는 마지막 문장으로 끝을 맺습니다. 소설의 주인공 모모는 아랍인 소년이었고, 로자 아줌마는 칠십이 다 된 유태인 노파였어요. 작가는 종교도 다르고 세대도 다르지만 사랑은 그 모든 것들을 허물고 존재할 수 있다는 사실을 보여준 거죠.

경계인이란 누구일까

'경계인'이란 말 그대로 경계에 있는 사람을 뜻합니다. 본래 속해 있던 집단을 떠나 다른 집단으로 옮겨 왔는데도, 새로운 집단에 적응하지 못한 채 어정쩡한 상태에 놓인 사람을 의미하죠. 만약 전학을 온 학생이 학교에 적응하지 못한 채 방황하고 있다면 그 친구가 경계인이 될 수도 있겠네요.

본래 경계인은 나치즘을 피해서 미국으로 건너간 독일의 심리학자 쿠르트 레빈이 처음 사용한 말입니다.『자기 앞의 생』에서는 유태인인 로자 아줌마, 이슬람교도인 하밀 할아버지와 모모, 세네갈 사람인 동성애자, 그 밖에 알제리와 카메룬에서 건너온 이주민들이 모두 경계인에 해당하죠. 이들은 프랑스에 살고 있지만 프랑스 문화에 동화되지 않은 채 자신들의 민족적 정체성을 유지하고 있습니다.

그런데 경계인으로 살아가는 것은 결코 쉬운 일이 아닙니다. 서로 다른 둘 이상의 집단에 동시에 속해 있어서 행동 양식이 매우 불안정할 수밖에 없기 때문이에요. 또한 두 집단에 속해 있다 보니 구성원으로서의 자격이나 기능을 충분히 갖추기도 어렵습니다. 한쪽 집단에 맞추려다 보면 다른 쪽 집단의 자격을 자연스럽게 포기해야 할 때가 있거든요. 그런 까닭에서인지 경계인들은 대체로 집단의 중심이 아니라 주변부에 위치해 있습니다. 다수가 아니라 소수이고, 강자가 아니라 약자인 경우가 많죠.

작품 속에 등장하는 로자 아줌마는 폴란드계 유태인으로 프랑스에 살고 있으니, 정체성이 가장 복잡한 유형에 해당될 것입니다. 또한 모모의 친구인 하밀 할아버지는 알제리에서 건너온 회교도로 프랑스인들의 보편적인 정체성과는 거리가 있죠. 카메룬에서 온 롤라 아줌마는 왕년에 잘나가던 권투 선수로 여장 남자입니다. 성정체성 면에서 경계인에 속해 있죠. 모모는 아랍계라는 점과 아동에서 성년으로 넘어가는 청소년이라는 점에서 경계인에 속한다고 할 수 있고요. 이들의 삶은 고단합니다. 일자리를 찾을 길이 없어 매춘을 하거나 날품팔이 행상을 하는 경우가 대부분이죠.

이렇듯 경계인의 유형은 무척 복잡합니다. 성인과 아동의 성격을 모두 지니고 있으면서 어느 쪽에도 속하지 못하는 청소년은 물론이고, 급격하게 신분이나 지위가 달라져 제대로 적응하지 못하는 사람도 경계인이라 할 수 있어요. 또한 결혼이나 이민으로 인해 낯선 문화에 익숙해져야 하는 이들도 경계인이 될 수 있죠.

역사적으로 볼 때 경계인으로 오랫동안 살아온 사람은 유태인들입니다. 이들은 민족적인 정체성은 강했지만 2,000년간 하나의 국가를 이루지 못하고 뿔뿔이 흩어져 살았죠. 유태인들의 국적은 영국, 프랑스, 독일, 이탈리아, 미국 등으로 다양한데, 대부분 경계인이었기 때문에 집단 내에서 소외당할 때가 많았습니다. 나치 독일에 의해 학살의 주요 대상이 되었던 이유도 이들이 정체성이 모호한 힘없는 경계인이었기 때문일 것입니다.

20세기에 나타난 경계인 중에는 놀랍게도 한민족이 상당수를 차지하고 있습니다. 우리 민족은 구한말부터 생계를 위해 상당수가 북간도와 연해주 등지에서 살기 시작했습니다. 이들 중 일부는 사회주의 국가 소련에 의해 중앙아시아로 강제 이주당하기도 했어요. 카자흐스탄에서 살아가는 '고려인'(주로 옛 소련 지역에 사는 우리 겨레)이 대표적인 사례죠. 그뿐만이 아닙니다. 일본에는 '자이니치[在日]'라 불리는 재일(在日) 한인이 살고 있어요. 이들은 일제강점기 때 강제징용 당하거나 돈벌이를 위해 건너가 정착한 사람들입니다. 이 밖에 일제강점기 때 하와이 사탕수수 농장에 강제로 끌려가서 힘겹게 정착한 이들을 비롯해, 해방 이후 미국, 독일, 브라질 등 세계 곳곳으로 이민을 떠나 살고 있는 우리 민족이 적지 않아요. 그렇다면 이들의 삶은 어떠했을까요? 아마도 대부분의 사람들이 힘겹고 어려운 날들을 보냈을 것입니다. 우리가 할 수 있는 일은 그저 그들이 낯선 나라에서 잘 살아가길 기원하는 것뿐이죠.

그럼 다시 우리 사회로 돌아와 생각해 봅시다. 우리 주변에는 어떤 경계인들이 있을까요? 가장 먼저 탈북자가 있고, 중국에서 건너온 조선인이 있습니다. 또 이주 노동자와 이주 여성, 그리고 난민들이 있습니다. 안타깝게도 이들에 대한 우리 사회의 시선은 그다지 곱지 않습니다. 범죄를 일으킨다거나, 우리 세금을 낭비하게 한다거나, 일자리를 앗아 간다는 등 비판적인 여론이 큰 것이 사실이죠. 그러나 해외에서 고생하는 우리 민족을 떠올려 본다면, 우리가 주변의 경계인들을 좀 더 따뜻하게 배려하는 것이 마땅하다고 생각합니다. "사람은 사랑할 사람 없이는 살 수 없다"는 하밀 할아버지의 말을 되새기면서 말이에요.

가족과 ...
... 함께하는 시간

BOOK 3

죽음이 우리에게 주는 깨달음
『두근두근 내 인생』

　°사람들은 일상생활을 하면서 죽음을 특별히 의식하지 않고 살아갑니다. 아무리 큰 사고가 나서 많은 사람이 죽는다 해도 자신만은 어떻게든 살아남을 거라고 여기죠. '타인의 죽음'은 익숙해도 '나의 죽음'은 낯설기만 합니다. 사람들은 자기 주변에 죽음이 존재하는 것마저 꺼립니다. 장례식장이나 묘지를 혐오 시설로 여기는 것은 죽음을 일상에서 멀리하려는 심리가 작동한 결과죠. 마치 죽음의 기운이 전염될까 봐 걱정하는 것처럼 말이에요.

　그런데 만약 죽음이나 죽음의 징조가 일상적으로 존재하면 어떨까요? 삶에 대한 욕망이 좌절되고 죽음을 친숙하게 받아들이게 될까요? 죽음 앞에 무릎을 꿇고 순순히 받아들일까요? 그렇지 않죠. 오히려 죽음이 일상적으로 존재할 때, 삶에 대한 욕구나 의지가 더 강렬해집니다. 그렇기에 옛날 사람들은 오히려 죽음을 친숙한 공간 속에 위치시키기도 했어요.

16세기 독일 화가 한스 홀바인의 〈대사들〉이라는 그림을 보면 화려한 옷을 입은 건장한 두 남자가 등장합니다. 그런데 이 그림 안에는 이해할 수 없는 이미지가 하나 있죠. 두 사람 사이에 기묘하고 왜곡된 이미지가 아무 맥락 없이 그려져 있는데 그것은 다름 아닌 해골입니다. 작품 속의 모델인 두 남자는 모두 20대로, 죽음을 떠올릴 나이는 아닙니다. 그런데도 해골이 그려져 있어요. 이는 죽음이 늘 우리 곁에 존재하고 있음을 상기시킵니다. 그러니까 이 그림이 그려지던 당시에 사람들은 죽음을 멀리하지 않고, 죽음이 우리 삶에 가까이 존재한다는 사실을 언제나 느끼며 살았던 것이죠.

소설 『두근두근 내 인생』은 열여섯 살 소년을 주인공으로 하고 있습니다. 죽음을 떠올리기보다 어떻게 살아가야 할지를 생각하는 시기죠. 그런데 작가는 잔인하게도 주인공 소년에게 죽음의 그림자가 드리우게 작품을 설정했습니다. 한참 미래를 꿈꿀 나이에 죽음을 목전에 두고 있다면 그 심정은 어떨까요? 이왕에 죽을 운명이라면 어서 빨리 죽음이 다가오기를 손꼽아 기다릴까요? 아니면 스스로 죽음의 순간을 맞이하러 갈까요? 그렇지 않으면 마지막까지 자기 의지를 실천하며 살아가게 될까요? 소설을 읽으며 진정한 삶과 죽음의 의미를 고민해 봅시다.

어느 조그만 지방의 소도시. 태권도 유망주인 대수는 아이돌 가수를 꿈꾸는 미라를 만납니다. 둘의 나이 이제 열일곱, 한창 미래를 꿈꿀 시기죠. 하지만 두 사람은 마음에 깊은 상처를 간직하고 있었습니다. 미라는 한 남학생과 호감을 주고받다가, 남학생 어머니로부터 '공부 잘하는 아이의 앞길을 막지 말라'는 모욕적인 말을 듣고 상처를 받았죠. 미라는 별일 아니라고 생각하려 했지만 자존감이 한없이 무너져 내렸습니다.

한편 대수는 태권도 대회에서 편파 판정을 일삼는 심판에게 심한 분노를 느껴 폭행을 저지르고 맙니다. 이 일로 대수는 징계를 받고 심지어 학교 선배들로부터 폭행을 당합니다. 대수로 인해 대회에서 불이익을 받게 되었다는 이유 때문이죠. 대수와 미라. 이 두 사람은 주위의 그 누구에게도 위로를 받지 못합니다. 그러다가 우연히 숲속에서 두 사람의 만남이 이루어져요. 그리고 곧바로 서로에게 의지하는 사이가 됩니다.

아름. 두 사람에게 선물처럼 생긴 아이입니다. 그러나 대수와 미라에게는 이 선물이 달갑지 않았어요. 아이를 부양하기에 두 사람은 너무나 어렸으니까요. 부모가 되기에는 경제적인 자립도, 정신적인 성숙도 이뤄지지 않은 상태였습니다. 뭇사람들의 눈에는 배 속 아이가 풋내 나는 친구들이 만든 사고의 결과처럼 보였습니다. 하지만 두 사람은 아이를 낳기로 했고, 막상 새 생명이 태어나자 주변 사람들도 즐거워했죠. 둘은 포기하지 않고 어렵지만 당당하게 살림을 꾸려서 아이, 곧 아름을 키우기 시작합니다.

그러나 아름은 특별한 아이였습니다. 선천적으로 일찍 늙는 병인 조로증을 앓고 있었거든요. 매일매일 늙는 아이였던 거죠. 아름에게는 노화에 따른 갖가지 고통이 찾아왔습니다. 본래 나이는 열여섯이었지만 신체 나이는 이미 여든을 훌쩍 넘기고 있었어요. 고혈압, 당뇨, 신경통, 관절염 등 노인성 질환이 아름에게 찾아왔죠. 더군다나 시력마저 희미해지고 있었어요. 아름은 부모가 자신을 가졌던 꽃다운 열일곱의 나이에, 죽을 날만 앞두고 있게 됩니다.

대체로 사람들은 죽음을 잊은 채로 살아갑니다. 매일매일 누군가 죽어가고 있지만 우리는 그것이 단지 누군가의 죽음일 뿐, 자신에게 닥칠 운명이라고 생각하지 않죠. 그러나 아름이 곁에는 죽음의 그림자가 늘 현실처럼 공존해 있습니다. 사람은 누구나 늙고, 또 언젠가 죽음을 맞이해요. 하지만 매 순간 몸에서 일어나는 노화를 감지하는 사람은 거의 없고, 우리 삶이 죽음을 향해 가고 있다는 사실 역시 잘 인지하지 못합니다. 그렇기 때문에 어느 날 문득 늙음이나 죽음이 다가오면 우리는 이를 부정하거나 도망치려고만 하죠. 사람들은 죽음이 낯설어서 더 큰 공포를 느끼는 것입니다.

이 소설은 혈기 왕성한 나이의 주인공에게 전혀 어울리지 않는 늙음과 죽음을 불러들임으로써, 우리가 느닷없이 마주하게 될 늙음과 죽음의 의미를 넌지시 묻습니다. 여러분은 그 앞에서 어떤 태도를 취할 것 같습니까? 어차피 죽을 인생, 삶의 의미를 잃어버리고 허무의 심연에 빠질까요? 아니면 이를 필사적으로 거부할까요? 그것도 아니면 남은 시간과 재산을 쏟아 쾌락을 좇을까요?

아름은 삶을 포기하지 않습니다. 그렇다고 해서 늙는 것을 거부하거나 죽음을 외면하려 하지도 않죠. 늙고 병든 자신의 처지와 얼마 남지 않은 죽음을 인정함과 동시에 책을 읽고 지식을 쌓고 글을 쓰며 생의 의지를 불태웁니다. 죽음 앞에서 진실한 삶을 선택한 거죠. 죽음이 삶을 각성시킨 것입니다. 아름은 치료도 열심히 받고 삶에 대한 희망의 끈을 결코 놓지 않습니다.

하지만 아름이네 가족을 둘러싼 현실은 녹록지 않았습니다. 고등학교를 중퇴한 아름이 아빠 대수가 할 수 있는 일은 딱히 없었거든요. 장인에게 도움을 받아 스포츠용품 가게를 차렸지만 얼마 안 가 망해 버리고 말았죠. 아름 엄마 미라도 애를 써 봤지만 아름의 치료비를 마련하는 일은 무척 어려웠습니다. 이때 마침 아름에게 방송에 출현해 보자는 제안이 들어옵니다. 한때 미라를 좋아했던 남학생이 어엿한 방송국 피디가 되어 아름을 돕고자 했던 것이죠. 처음에 대수와 미라는 제안을 거부했습니다. 아름이 행여 놀림감이 될 수도 있는 상황이었으니까요. 그런데 이때 아름이 스스로 방송에 출현하겠다고 나섭니다.

아름이 방송 출연을 결심한 데에는 죽음과 운명에 굴복하지 않고 희망을 가지고 삶을 실천하려는 의지가 한몫했습니다. 자신 때문에 젊은 부모가 짊어진 경제적 부담을 덜어 주고 싶은 마음, 한계 상황에서도 의지를 놓지 않겠다는 각오가 모두 반영된 것이죠. 아름은 방송에서 자신의 쭈글쭈글한 피부와, 머리카락이 듬성듬성 빠진 모습이 만천하에 공개되면 사람들이 혐오감을 느끼지 않을까 두려웠지만, 어찌할 수 없는 운명에 당당히 맞서기로 합니다. 그렇게 아름의 의지와 용기는 빛났습니다.

다행히 아름이 출연한 방송은 뜨거운 화제와 호응을 불러 모았습니다. 그 덕분에 병원비와 생활비 후원이 잇따랐고, 무엇보다 아름에게 새 이성 친구가 생겼습니다. 아름과 같은 또래의 '서하'라는 소녀가 자신도 희귀병을 앓고 있다며 이메일을 보내온 거죠. 아름은 새로운 이성에게 호기심을 느끼며 심장이 쿵쾅거렸어요. 그러면서 점점 삶에 대한 욕구도 커졌습니다. 살아야겠다는 의지가 더 강해졌죠.

불행하게도, 그 친구는 가짜였어요. 작가를 지망하는 한 30대 남성이 시나리오를 쓰려고 가상 인물을 만들어 아름에게 접근했던 것입니다. 아름은 흔들렸습니다. 가상이 현실을 압도하는 세계에서 삶의 의지가 흔들린 거예요. 하지만 아름은 얼마 뒤 다시 회복하게 됩니다. 몸은 죽어가고 있지만 영혼의 건강은 되찾은 거죠. 그것은 아름을 흔든 사람보다 아름을 지키는 가족의 힘이 더 컸기 때문입니다. 아름은 자신을 흔든 이에게는 용서를, 자기를 돌본 가족에게는 사랑을 남긴 채 짧지만 가치 있는 생을 마무리합니다.

부모가 되는 데에 적당한 나이가 있을까?

소설을 읽으며 아름이 가족의 비극이 어쩌면 미라와 대수의 만남 때문이 아닐까 생각했습니다. 미성년자들이 아이를 낳은 게 불행의 씨앗이 아니었을까요?

열일곱 살 어린 나이에 결혼을 하고 자식을 낳는다는 게 절대로 보편적인 일은 아니죠. 이런 일이 생기지 않도록 평소에 바람직한 이성 교제에 대한 교육을 실시하는 것이 가장 중요합니다. 사실 부모가 되는 적절한 시기가 따로 있는 것은 아니에요. 하지만 적어도 청소년 시절은 가급적이면 피해야 합니다. 아이를 낳아 기른다는 것에는 큰 책임이 따르니까요. 정신적·육체적·경제적 성숙이 이뤄지지 않은 청소년기의 출산은 자칫 무모하고 무책임한 일이 될 수 있어요. 만약 미라와 대수가 좀 더 신중하게 교제해서 경제적 여건이 마련되었을 때 결혼을 하고 아이도 가졌다면 더 나은 삶을 살 수도 있었을 것입니다. 하지만 아이를 포기하지 않고 스스로 키우려 노력한 미라와 대수가 무척 대견합니다.

그런가요? 저는 미라와 대수가 아무 대책도 없이 아름을 낳은 걸 보고 무책임하다고 생각했는데요.

미라와 대수가 아이를 소중하게 여기고 책임져야겠다고 생각한 점은 높이 평가할 만해요. 자신도 어떻게 살아야 할지 모르는 여건에서 아이를 포기하지 않았다는 사실은 이미 어느 정도 성숙했다는 증거가 아닐까 합니다.

어쩌면 미라와 대수가 부모가 된 것은 그들에게 '새로운 인생의 출발점'이기도 해요. 성숙의 완성이 아닌, 성숙이 시작되는 시기로 보는 게 적절하겠죠. 그러고 보면 우리 선조들은 일찌감치 혼인하여 먼저 부모가 된 다음 차츰 어른이 되어 가기도 했죠. 현대사회에서도 개인의 경제적·정신적 성숙도는 나이와 관계없이 그 수준이 천차만별이에요. 아무리 나이를 많이 먹어도 부모로서의 준비가 되지 않은 사람들도 있고요.

설마 청소년이 결혼이나 출산을 해도 괜찮다는 의미는 아니죠?

물론이에요. 미래를 위해 준비해야 하는 청소년 시기에 출산과 양육의 짐을 지는 것은 옳지 않다고 생각해요. 책임질 수 없는 상황이라면 더욱 그렇죠. 우리 사회가 현실성 있는 성교육을 통해 이런 상황을 미리 예방하는 것이 중요합니다. 하지만 이미 아이를 갖게 되었다면 다르게 접근할 필요가 있어요. 우선 양육을 책임질 수 없는 경우가 훨씬 많을 테니 그들에 대한 지원이 필수적으로 이뤄져야 합니다. 우리 사회는 여전히 미혼모·미혼부에 대한 사회적 편견이 강해요. 이들은 경제적인 자립 능력이 없는 데다 잘못을 저질렀다는 죄책감과 싸늘한 사회적 시선까지 견디며 살아가야 하죠. 이런 상황은 매우 비극적인 결과를 초래하기도 합니다. 아이를 가졌다는 사실을 숨기고, 때로는 태어난 아이를 버리는 끔찍한 일이 일어나기도 하니까요.

제 생각에는 우리도 이제 미혼모·미혼부에 대한 편견을 버릴 때가 되었다고 생각해요. 아이를 갖는 일은 그 자체만으로 충분히 축복받을 일이에요. 이건 개인적으로도 그렇고, 사회적으로도 그렇습니다. 그런데 나이가 어리거나 혼인하지 않고 아이를 낳았다는 이유만으로 사회적으로 비난하고 방치하거나 매장한다면, 이들은 갈 곳을 잃게 되겠죠.

사람은 누구나 자기 의도대로만 살아갈 수 없어요. 때로는 스스로 감당할 수 없는 예기치 못한 사건이 일어나기도 합니다. 그런데 아무도 도와주지 않는다면 선택은 극단적일 수밖에 없습니다. 새로 태어나는 아이는 가족의 구성원이기도 하지만 우리 사회의 구성원이기도 해요. 아이의 양육을 가족이 버거워한다면 사회가 나서서 돕는 것이 당연하지 않을까요?

구체적으로 어떤 방법이 있을까요?

현재 우리나라의 출산과 양육에 대한 지원은 미혼모·미혼부에게까지 실질적으로 이뤄지지 못하고 있어요. 특히 청소년 부모들의 경우에는 비난과 편견이 무서워 스스로를 감추고 숨기기 때문에 지원 자체가 불가능하죠. 가장 중요한 건, 미혼모·미혼부를 바라보는 사회 인식이 먼저 변화해야 한다는 점입니다. 그다음 미혼모·미혼부가 경제적으로 곤란을 겪어서 자녀 양육이 어렵다면 이들에게 경제적인 지원이 이뤄져야 해요. 또한 미혼모·미혼부들을 대상으로 부모로서 어떤 자질을 갖춰야 하는지에 대한 교육도 충분히 이루어져야 하죠.

청소년 부모의 경우에는 보다 세심한 접근이 필요해요. 우선 당사자들이 아직 자아실현을 하지 못한 상태인 만큼, 출산과 양육으로 인해 자기 계발의 기회, 이를테면 교육받을 권리를 포기하지 않도록 도와줘야 합니다. 한 아이의 부모이기 이전에, 한 인간으로서 꿈을 펼치고 자유를 누릴 권리가 있으니까요. 그리고 새로 태어난 아이도, 갑자기 부모가 된 청소년도 개인이기에 앞서 우리 사회의 소중한 구성원입니다. 앞서 말했듯, 이들이 곤란을 겪고 있다면 사회는 이들이 최소한의 삶을 누릴 수 있도록 지원을 해 줘야 할 것입니다.

네, 잘 들었습니다. 사회적 합의가 많이 필요하겠다는 생각이 드네요. 한 가지 더 질문 드릴게요. 책을 읽으면서 작가가 어째서 늙어 가는 자식을 둔 젊은 부모의 이야기를 했을까 궁금했습니다. 이 점에 대해 답변 부탁드릴게요.

이야기의 설정이 참 흥미로웠죠. 가장 어린 부모와 가장 늙은 자식의 이야기였으니까요. 정말 어울리지 않는 조합인데요, 오히려 이를 통해 부모 자식 간의 끈끈한 사랑을 잘 확인할 수 있었습니다. 쭈글쭈글한 노인의 아름을 그보다 앳된 부모가 정성스럽게 보살피는 모습에서 천륜이 갖는 무게가 절실하게 와 닿았죠. 책에 이런 구절이 있어요. "아버지는 자기가 여든 살이 됐을 때의 얼굴을 내게서 본다. 나는 내가 서른넷이 됐을 때의 얼굴을 아버지에게서 본다. 오지 않은 미래와 겪지 못한 과거가 마주 본다. 그리고 서로에게 묻는다. 열일곱은 부모가 되기에 적당한 나이인가 그렇지 않은가, 서른넷은 자식을 잃기에 적당한 나이인가 그렇지 않은가." 왠지 나이와 시간을 초월하는 인생의 깊은 맛이 느껴지지 않나요?

온라인으로 만들어진 인간관계는 허상일까?

소설을 읽으며 가장 안타까웠던 것은 죽어가는 아름이 서하라는
거짓 인물에게 상처를 받는 장면이었어요. 그때 아름은 어떤
심정이었을까요?

조로증을 앓는 아름은 하루하루 죽음의 고비를 넘기며 살고 있
었죠. 겉으로는 웃고 있었지만 속으로는 다가오는 죽음에 초조와
불안을 느끼고 있었을 것입니다. 그런데 그때 서하라는 아이가 등
장합니다. 자기처럼 불치병에 걸려 언제 죽을지 모르는 아이였어
요. 서로에게 공감할 수 있는 처지였죠. 게다가 열여섯 살 사춘기
소년에게 나타난 소녀였으니 얼마나 가슴이 뛰었을까요? 아마도
아름은 자신이 살아 있다는 사실을 새삼 깨달았을 것이고, 살고 싶
다는 강렬한 욕망도 느꼈을 것입니다. 그런데 아름과 이메일을 주
고받았던 서하의 정체는 익명성이라는 온라인의 특성을 악용해 자
신의 정체를 위장한 30대 남성이었어요. 이유야 어찌되었든 아픈
아름을 기만했던 것입니다.

아무리 책을 많이 읽고 나이보다 성숙했다지만 아름은 여전히 세
상을 다 알지 못하는 순수한 아이였어요. 자신이 누군가에게 이용당
했다는 사실에 엄청난 충격을 받죠. 이는 현실 세계를 부정할 만큼
치명적이었어요. 병원 치료도 거부한 채 게임에만 몰두하는 행위는

아름의 내면이 얼마나 황폐해졌는지를 단적으로 보여 줍니다.

온라인을 통해서 사람을 만나는 게 정말 위험한 일이네요.

온라인에서 사람을 접하는 일은 정말 신중해야 해요. 소설에서는 이메일을 통해 아름이 서하를 알게 되지만, 요즘은 이메일뿐 아니라 페이스북, 인스타그램, 카카오톡 등 다양한 매체를 통해 인간관계가 형성되곤 합니다. 그런데 온라인에서는 소설 속의 서하처럼 가상 인격을 만들어 내거나, 현실과는 전혀 다른 모습으로 자신을 나타내는 사람이 많아요. 자기를 과시하기 위해 현실의 자아를 왜곡하거나 포장하는 것이죠. 따라서 온라인상에서 관계를 맺을 때는 신중한 접근이 필요해요.

이와 반대로 자신을 온라인상에서 드러낼 때에도 주의가 필요합니다. 경우에 따라서는 자신의 이미지를 화려하게 가공하여 진실처럼 포장하는 일이 생기는데, 이런 일이 지나치다 보면 현실에서 허무감을 느끼고 더욱더 사이버공간에 집착하는 경우가 생길 수 있죠. 이런 이유로 사람들은 온라인상에서 알게 된 사람과의 관계를 가볍게 여기는 측면이 있어요.

온라인을 통한 사회적 관계망이 우리에게 도움을 주는 경우도 있지 않을까요?

물론입니다. 온라인 관계망이 갖는 신속성, 개방성은 이로운 측면이 아주 크죠. 우선 소설에서 아름의 경우만 봐도 사회적 관계망이 지닌 힘을 느낄 수 있어요. 이메일이나 SNS 등 다양한 소통 채널이 후원의 창구 역할을 해 준 덕분에 병원비와 생활비 등을 해결할 수 있었으니까요. 방송을 본 시청자들은 그저 남일 뿐이지만, 아름이네 가족의 힘든 문제를 도와주는 데에 주저함이 없었습니다. 실제 현실에서도 이런 사례는 많아요. 스타트업 기업들이 자금에 여유가 없을 때, 온라인 공간을 이용하여 크라우드 펀딩(crowd funding)* 등으로 자금을 모으기도 합니다. 또 어려운 처지에 놓인 사람들을 도울 때도 유사한 방법을 활용하죠. 그러니까 온라인 관계망이 사회적으로 긍정적 역할을 하는 부분이 꽤 크다고 할 수 있어요.

요즘 같은 글로벌 시대에 온라인으로 만들어진 인맥은 보물과도 같아요. 내가 가 보지 못한 나라의 소식을 전해 듣거나, 그 나라의 대중문화 등 다양한 콘텐츠를 흡수할 수 있으니까요. 해외에 나가지 않고도 외국 친구들과 교류할 수 있는 건 온라인 커뮤니티 덕분이겠죠. 그리고 사실 익명성 덕분에 더 솔직하고 자유로운 표현을 할 수도 있어요. 상대를 속이기 쉽다는 점에서는 '가면' 같지만, 누구나 숨겨 온 본색을 드러내게 한다는 점에서 '마음의 거울' 같기도 하죠.

●   자신의 프로젝트를 인터넷에 공개하고, 익명의 다수(crowd)에게 투자를 받아 상품이나 서비스를 제공하는 것을 말한다.

그런데 인터넷 댓글을 읽어 보면 욕설과 같은 비속어도 많고 혐오 표현도 많더라고요. 정치적으로 조작되는 경우도 많고요.

맞아요. 익명성 때문에 혐오 표현 등이 증가하는 것은 분명히 잘 못입니다. 그런데 온라인 공간의 존재가 혐오 표현을 부르는 절대적인 이유라고 할 수는 없어요. 가장 큰 원인은 경쟁과 갈등이 갈수록 심해지고, 이로 인해 스트레스가 꾸준히 쌓이는 데에 있다고 보는 게 맞죠. 이를 투사할 대상이 필요한데, 현실에서는 사람들이 내가 누구인지 알기 때문에 스스로 혐오 표현을 자제하는 측면이 있습니다. 하지만 온라인에서는 익명성을 방패 삼아 함부로 표현하게 되는 거죠.

혐오 표현을 줄이려면 근본적으로 우리 사회가 보다 관용적인 사회로 변해야겠지만, 우선 온라인에서 일어나는 혐오 표현 등은 제도적으로 막을 필요가 있어요. 상처받는 사람들이 있어서는 안 되니까요. 또한 댓글 등을 조작하는 문제는 처음부터 대중을 기만할 악의적인 의도가 있었으니 무거운 범죄로 처벌해야 한다고 생각해요. 끝으로 당부하고 싶은 말은 온라인에서 인간관계를 맺을 때는 서로 얼굴을 보고 직접 대화를 나눌 때보다 오해가 생길 여지가 크다는 점을 늘 기억하고, 항상 조심했으면 합니다.

메멘토 모리, 죽음을 기억하라

여러분은 '죽음' 하면 어떤 것들이 연상되나요? '두려움, 단절, 소멸, 부패, 한계, 고통…' 대체로 부정적인 단어들이 머릿속에 떠오를 것입니다. 이런 이유 때문일까요? 인류는 죽음을 일상적인 공간에서 분리하려는 경향을 보여 왔습니다. 죽음을 상징하는 묘지는 대체로 어디에 위치하나요? 변두리나 산속처럼 일상적인 공간에서 멀리 떨어진 곳에 자리합니다.

이런 역사는 꽤 오랜 것이어서, 『죽음 앞에 선 인간』을 쓴 프랑스 역사학자 필리프 아리에스에 따르면, 인류는 고대 로마 시절부터 묘지가 생활공간 가까이에 있는 것을 꺼렸다고 합니다. 혹시라도 죽음의 기운이 주변의 건강함을 오염시킬 수 있다고 여긴 것 같아요. 인류에게 죽음과 혐오는 종이 한 장 차이라는 느낌마저 드네요. 요즘에도 자신이 사는 동네에 예식장이 들어서는 것에는 별 반응을 보이지 않다가도, 장례식장이 들어서는 것에는 반대하는 사람들을 볼 수 있습니다. '혼례(婚禮)'와 '상례(喪禮)'라는 게 알고 보면 똑같은 '관혼상제(冠婚喪祭)'의 하나인데도 말이죠.

이처럼 사람들이 죽음에 대해 경계심을 갖는 까닭은 살아 있는 유기체가 물질로 변한다는 사실을 이질적으로 느끼기 때문이라고 합니다. 사실 우리가 혐오스러워하는 것에는 공통점이 있어요. 우선 몸 밖으로 배출되는 것들에 대해서 우리는 대체로 불결하다는 인상을 지닙니다. 배설물, 침, 땀, 피, 만약 이런 것들이 처음부터 물질로 존재했다면 아무렇지도 않게 받아들였을 텐데, 그것이 생명의 일부였다가 물질로 변하자 혐오의 감정이 투영되는 것이죠. 마찬가지로 떨어져 나간 신체의 일부도 혐오와 공포의 대상이 됩니다. 그런데 죽음은 살아 있던 유기체 전체가 딱딱한 물질로 변하는 것이니 그 공포가 극대화될 수밖에 없겠죠.

그런데 사람들이 죽음을 동경한 사례가 전혀 없는 것은 아닙니다. 물론 이때의 죽음은 '고통스러운 현실에서 벗어나는 탈출구'로서의 의미가 강했죠. 실제로 우리는 죽음이란 단어를 들으면 '영원, 안식, 평안, 평화' 등을 떠올리기도 합니다. 과거 유럽 사회에서는 기독교의 영향으로 사람들이 죽음을 '내세로 가는 수단이나 단계'로 여기기도 했어요. 르네상스 시대에는 죽음을 '인간이 파손되는 것을 막는 구원'으로 받아들였고요. 당시 이탈리아의 추기경이었던 스클라페나티의 묘비에는 "왜 죽음을 두려워하는가. 죽음은 우리에게 휴식을 가져다주는데."라고 쓰여 있다고 하죠. 이 밖에 미라를 만들거나 무덤에 부장품을 넣는 풍습 등도 죽음을 소멸로 보지 않는 증거라 할 수 있습니다. 육신은 죽어도 의지와 영혼이 유지된다는 믿음이 인간을 죽음의 공포에서 벗어나게 한 것이죠.

　죽음과 관련해서 가장 특이한 태도는 '죽음을 일상 속에서 잊지 말고 기억하자'는 것입니다. '메멘토 모리(Memento mori)'. 이것은 '너의 죽음을 기억하라'는 뜻의 라틴어로, 고대 로마의 개선장군들이 노예들을 시켜서 크게 외치도록 했던 말입니다. 당시에 이 말은 '전쟁에서 언제나 승리하는 것은 아니니 늘 겸손하라'는 의미로 쓰였다고 해요. 그런데 메멘토 모리가 유명해지는 데에는 16~17세기 서양 회화에서 유행한 '바니타스(Vanitas, '인생 무상'이란 뜻의 라틴어) 정물'의 영향이 컸습니다. 그 시절 유럽의 화가들은 정물화를 그릴 때 해골이라든가 시든 꽃, 썩은 과일처럼 '덧없음'을 상징하는 요소들을 그려 넣었는데, 이러한 풍의 그림을 바니타스 정물이라고 하죠. 화가들은 이를 통해 물질이나 쾌락에 대한 탐욕을 경계하라는 메시지를 전했습니다. '밝음, 화려함, 젊음, 생기' 등 아름다움을 상징하는 모든 것들은 세월이 흐르면 연기처럼 사라져 버리고 죽음이 이곳저곳에 존재하니, 이를 잊지 말고 현실에 최선을 다하라는 교훈을 담고 있죠. 따라서 이와 비슷한 메시지가 담긴 메멘토 모리라는 말도 널리 쓰이게 되었습니다.

　『두근두근 내 인생』을 읽다 보면 등장인물들이 나누는 대화가 톡톡 튀듯 생기 있고 재미있습니다. 하지만 이 모든 것들도 작품 전체를 지배하는 '죽음'이라는 그늘을 피할 수는 없어요. 이는 우리 인생에서 삶과 죽음이 이루는 구도를 보여 줍니다. 아무리 밝고 화려해 보이는 삶이라 할지라도 그 뒤에 드리워진 죽음의 그림자를 부정할 수는 없으니까요. 다만 그렇기에 우리 생명이 더욱 빛나는 것 아닐까요? 우리는 아름을 통해 그것을 좀 더 선명하게 확인할 수 있습니다.

이상적인 가족의 조건을 생각하다
『불량 가족 레시피』

　°사람은 누구나 사랑하는 마음을 지니고 있습니다. 아무리 흉악한 범죄를 저지른 사람이라 해도 내면에는 누군가를 그리워하고 아끼는 마음이 존재하죠. 미국 히어로물의 대명사 마블의 어벤져스 시리즈에는 전 우주의 생명 중 절반을 학살하는 타노스가 등장해요. 그런 최악의 빌런(악당)도 자신의 의붓딸 가모라만큼은 내면 깊이 사랑합니다.

　그렇다면 우리는 타인을 사랑하는 법을 어디서, 어떻게 배우는 걸까요? 누구에게서 사랑을 처음 느끼게 될까요? 정답은 바로 '가족'입니다. 분명히 나와 다른 인격체이지만 어머니는 자식을 사랑하고, 자식은 부모를 걱정합니다. 가족은 사랑으로 이어진 공동체이죠. 우리는 태어나서 처음 만나는 타인, 곧 가족을 사랑하는 법을 익히고 그 사랑을 차츰 확산시킵니다. 그런데 가족의 사랑이 언제나 좋은 모습으로 유지되는 것은 아닙니다. 서로 친밀한 만큼 함부로 대할 때가 있고, 그러다 보면 사랑과 관심이 증오로 표현될 때도 있습니다. 또한 특별한 사연 때문에 서로 다른 핏줄이 한 가족을 이룰 때는 가족 구성원이 상처를 주고받기도 하죠. 손현주 작가의 『불량 가족 레시피』는 사랑하는 법을 잊고 서로 상처를 주고받는, 어느 가족의 위기를 다룬 소설입니다.

코스튬 플레이(costume play)를 즐기는 고등학교 1학년 여울은 학교 수행평가로 자서전 쓰기 과제를 놓고 고민에 빠집니다. 가족 이야기를 하려니 창피하고, 과제를 포기하자니 대상으로 뽑히면 장학금까지 준다는데 그냥 무시할 수 없었죠. 코스튬 플레이에 푹 빠져 있던 여울은 늘 용돈이 쪼들렸거든요. 마침내 자서전을 쓰기로 하고 여울은 가족을 떠올려 보았습니다.

팔순이 넘은 나이에도 잔소리를 입에 달고 사는 괴팍한 할머니, 다혈질 성격에 남이 떼어 먹은 돈 받는 일을 하는 아빠, 주식으로 큰돈을 날린 뒤 뇌경색을 앓고 폐인이 된 삼촌, 다발 경화증*이란 희귀병으로 앞날이 막막한 전문대생 오빠, 입만 열면 거침없이

* 뇌와 척수 등 중추신경계를 침범하는 염증성 질환으로, 시각장애, 의식장애, 언어장애, 운동마비, 배설 곤란, 현기증 따위의 증상이 나타날 수 있다.

욕을 쏟아 내는 고3 언니까지. 여울이가 가족을 떠올리면 하나같이 막장에 다다른 기구한 영혼들이 어쩌다 모여 있는 느낌이 들었죠.

그런 데다 오빠와 언니, 여울은 엄마가 제각각이었습니다. 오빠의 엄마는 우울증을 앓다 행방불명됐고, 언니의 엄마는 아빠를 속인 뒤 재산을 들고 도망가 버렸어요. 그 뒤로 아빠가 만난 여자가 여울의 엄마였는데, 엄마의 직업은 나이트클럽 댄서였습니다. 그녀는 정식으로 혼인도 하지 않은 채 여울만 낳아 놓고 사라져 버렸죠. 여울은 엄마를 그리워하며 살아가지만 그 누구도 엄마에 대해 말해 주지 않았어요. 가족들은 '엄마'라는 단어를 입 밖에 꺼내는 것조차 꺼렸으니까요. 자, 이제 여울의 목소리를 들어 볼까요?

우리 집에는 함부로 꺼내서는 안 될 금기어가 하나 있다. 그건 바로 '엄마'라는 말이다. 나는 엄마가 없는 생활에 오랫동안 익숙해져 있다. 아니, 나를 비롯한 우리 집 세 남매 모두 엄마가 돌아오지 않을 거라는 걸 성경 말씀처럼 알고 있다. 제각각 엄마가 다른데도 그 누구도 엄마라는 말을 입 밖으로 꺼내지 않는다.

우리 가족은 요즘 보기 드문 대가족이지만 알고 보면 핵가족보다 더 삭막하다. 서로 원해서 대가족으로 지내는 게 절대 아니기 때문이다. 특히 우리 남매들은 그저 적당한 거리를 두며 필요할 때만 가족처럼 군다. …

도덕 꼴통의 말을 빌리면 가족 간의 유대도 경쟁력이라고 하던

데, 우리 가족은 밥 먹기 위해 유대 관계를 맺고 집이 없기 때문에 어쩔 수 없이 뭉쳐 사는 것 같다. 한마디로 돈으로 뭉치고 돈으로 흩어지는 위태로운 가족이다.

— 손현주, 『불량 가족 레시피』(문학동네)에서

　여울의 가족은 어쩌다가 이런 지경에 이르렀을까요? 일단 경제적인 사정이 좋지 않은 것이 큰 문제였습니다. 형편이 좋지 않으면 마음의 여유가 없어지고, 마음의 여유가 없으면 각박해져서 사소한 일로도 공격적이 되기 쉬우니까요. 하지만 가난하다고 해서 가족 관계가 모두 나쁜 것은 아니에요. 똘똘 뭉쳐 가난이라는 굴레를 헤쳐 나가는 가족의 모습도 종종 볼 수 있고, 가난하지만 따뜻한 정을 나누며 살아가는 가족도 얼마든지 있으니까요.

　여울이네 가족은 가난도 문제였지만 핏줄이 다른 이복 남매들의 갈등이 더 큰 문제였습니다. 엄마가 다른 오빠, 언니, 여울이 서로 마음을 열지 않고 살았기 때문에 갈등은 더 커질 수밖에 없었죠. 더군다나 아빠는 이복 남매가 화목할 수 있도록 노력하지 않고 가족 일에 무관심했습니다. 결국 가족이 화목하지 못했던 까닭은 서로 다른 핏줄을 진정한 가족으로 받아들이지 못했기 때문이라 할 수 있어요. 언니와 할머니가 여울을 대놓고 구박하는 것도 이런 이유가 제일 컸습니다. 여울은 할머니에게 "송장 칠 나이에 똥 걸레 빨게 한 년"이라는 폭언을 항상 들으며 살아야 했죠.

자존감에 상처를 입은 여울은 늘 떠나간 엄마를 그리워했습니다. 엄마가 그리워 친구들과 일부러 나이트클럽까지 가 보았죠. 그곳에서 여울은 속상하고 허무한 마음에 청소년으로서는 마셔서는 안 될 술까지 마십니다. 정말 안타까운 장면이죠. 만약 할머니나 언니가 핏줄은 다르더라도 여울을 존중해 주고 따뜻한 말 한마디라도 건넸다면 어땠을까요? 자존감이 낮아지지도 않았을 것이고, 괜히 방황하지도 않았겠지요.

여울은 무너진 자존감을 극복하기 위해 코스튬 플레이를 즐깁니다. 다른 캐릭터로 분장하고 사람들 앞에 나서면 자신의 초라한 모습을 감출 수 있고, 자신감마저 생기기 때문이었죠. 어수선한 가족의 현실도 잠시 잊을 수 있었습니다. 여울에게 코스튬 플레이는 처음으로 가져 본 자신만의 세계였으며, 이를 통해 습관처럼 달고 다니던 우울함도 조금씩 떨쳐 낼 수 있었습니다.

위태로워 보이던 여울의 가정은 고3 언니의 가출을 시작으로 본격적인 해체 위기를 맞습니다. 고3 언니는 일만 시킨 채 아무 지원도 해 주지 않는 아빠를 원망하다 크게 다툰 뒤 집을 나갑니다. 삼촌과 오빠도 불같은 성격의 아빠와 다투다 가출하고, 이후 아빠마저 고객들의 개인 정보를 팔아넘기다 걸려서 교도소에 수감되죠. 그토록 가족에게서 벗어나고 싶어 했던 여울에게 느닷없이 가족들이 모두 떠나 버리는 사태가 벌어진 것입니다. 여울은 꿈꿔 왔던 독립을 이룬 것이나 마찬가지였지만 행복하거나 유쾌하지 않았습니다. 아이러니하게도 최악의 상황에서 여울은 가족의 소중함을 느끼고, 조금이나마 그들을 이해하게 됩니다. 여울은 "알고 보면 다들 자기 앞에 놓인 일들이 감당이 안 되어 본의 아니게 서로를 괴롭혔는지 모른"다면서 가족들이 되돌아올 때까지 기다리기로 하죠.

소설 『불량 가족 레시피』는 이복 남매와 팔순이 넘은 할머니, 생활력이 없는 아빠와 뇌경색으로 불편한 삼촌 등, 가난과 불편한 가족 관계 속에서 성장해 가는 청소년의 모습을 다루고 있습니다. 작가는 사실적인 표현을 위해 가족 간, 친구 간에 욕설하는 장면 등 비어와 속어를 그대로 살려서 썼죠. 또 청소년들이 술을 마시는 모습이나 아버지가 폭력을 행사하는 장면 등도 그려져 있어서 읽는 중에 불편함을 느낄 수도 있습니다.

하지만 소설은 아름답고 순수한 장면이나 낭만적인 소재만을 다루는 문학 양식이 아닙니다. 자아와 세계가 갈등하는 모습을 그려내는 것이 소설이기 때문에, 거기에는 불합리한 세계의 모습이 담기기도 합니다. 따라서 불합리한 세계가 묘사된 것 자체에 관심을 두기보다는 자아가 불합리한 세계에 어떻게 맞서고 있는지를 살피면서 소설을 읽어야겠지요. 주인공인 여울이 황폐해진 가정환경에서 어떤 심리와 행동의 변화를 겪는지, 어떻게 성장해 가는지에 주목해서 작품을 감상하길 바랍니다.

가족 위기는 어디서 비롯될까?

저는 솔직히 이 작품을 읽는 동안 마음이 많이 불편했어요. 가족을 지나치게 부정적으로 그리고 있어서 말이에요. 가족끼리 이럴 수가 있을까요? 대체 문제가 뭘까요?

저도 읽으면서 조금 위험하다는 생각이 들기는 했습니다. 가족 간에 욕설이 난무하는 데다 고교생인 주인공의 일탈도 보기가 거북했죠. 하지만 사실성을 갖추기 위한 작가의 진심으로 받아들였더니 거친 표현도 이해가 되더군요.

여울이네 가족의 가장 큰 문제는 가족끼리 서로 상처 주는 말을 아무렇지도 않게 내뱉는다는 것입니다. 그 결과 여울은 스스로를 비천하다고 느끼게 됐고, 본인 역시 다른 가족들을 존중하지 않게 됐죠. 가족 구성원들의 몸에 밴 멸시와 구박이 서로에게 부메랑이 되어 이 가족의 위기를 불러왔던 것입니다.

위기에 놓인 가족이 소설 속에만 등장하는 것은 아닙니다. 가족의 위기는 누구나 겪을 수 있어요. 생각해 보세요. 가족은 가장 많은 시간을 함께 보내기 때문에 서로의 장단점을 누구보다도 잘 알고 있습니다. 남들은 알 수 없는 사소한 버릇이나 습관까지도 말이에요. 가족끼리 서로 사이가 좋을 때는 상대의 허물을 감싸 주지만, 사이가 틀어졌을 때는 상대방을 책잡고 상처를 입히게 마련입니다. 소설 속의 여울이네 가족은 엄마가 제각각이라는 사실을 자기들만 아는 비밀로 간직하면서도 이를 가지고 서로를 헐뜯기에 바빴습니다. 이처럼 가족은 가까운 사이이기에 서로에게 더욱 지울 수 없는 상처를 주죠.

그렇다면 여울이네 가족이 매일 으르렁거리며 틀어지게 된 근본 원인은 무엇인가요? 사이가 틀어졌을 때 상처를 준다고 하는데, 대체 틀어지는 까닭이 무엇인가요?

사실 경제적인 문제가 가정불화의 근원이라고 할 수 있죠. 여울이네 가족들이 하나둘씩 집을 떠나게 된 사연만 봐도 그것을 알 수 있습니다. 언니는 자신을 한껏 부려 먹으면서 학원비조차 대 주지 않는 아빠에게 분노해 가출을 감행했고, 삼촌과 오빠도 돈 문제가 빌미가 되어 아빠와 갈등을 겪다 집을 나갔죠. 여울이 매점 식권을 복사해 쓰는 일탈 행위를 저지른 것도 결국은 어려운 가정 형편 탓에 용돈이 부족했기 때문입니다. 게다가 가장인 아빠는 생활고를 해결하려는 과정에서 죄를 지어 옥살이까지 하잖아요. 만약 이 가정이 경제적으로 윤택했다면 서로에게 훨씬 너그러웠을 테고, 가출이나 교도소 수감이라는 극단적인 상황도 벌어지지 않았겠죠. 이는 현실에서도 마찬가지예요. 가족해체에 대한 견해가 조금씩 다르긴 하지만 대체로 성격 차이, 경제적 빈곤 등이 주원인으로 지목되는 경우가 많습니다.

경제적인 문제 이외의 원인은 없을까요? 주변을 보면 가난해도 화목한 가정이 있던데요.

물론 모든 가정이 가난 때문에 가정불화나 가족해체를 겪진 않아요. 가족 간에 유대감이 잘 형성되어 있다면 가난도 극복해 낼 수 있죠. 하지만 저는 여전히 가족해체의 가장 큰 원인은 경제적인 문제라고 봐요. 방금 언급한 유대감도 사실 빈곤이 지속되면 깨질 우려가 크죠. 가정이 경제적으로 힘들다 보면 부모와 자식이 서로 대화를 나누거나 함께 추억을 쌓을 여유도 없고, 생계유지가 빠듯한 상황에서 서로의 마음을 세심하게 살피기는 정말 어려우니까요. 이는 우리 사회가 빈곤 가정을 지원해야 하는 이유이기도 해요.

가정불화의 원인으로는 경제적인 이유 외에 문화적인 차이도 들수 있어요. 소설에서 여울의 아버지는 매우 가부장적이고 보수적인 인물로 그려져 있습니다. 그래서 여울이 술을 마시고 들어온 날 폭행을 하고 말아요. 여울을 걱정하는 마음에서 비롯되었다고 하더라도 폭행이 정당화될 수는 없습니다. 또 아버지는 다른 가족들에게도 이해를 구하기보다 윽박지르거나 무시하는 언행을 일삼는데, 이는 가족 구성원의 갈등을 증폭시키는 원인이 돼요. 이처럼 문화적인 가치의 충돌도 가족해체의 원인입니다.

혈연으로 이뤄진 가족만이 이상적인 가족일까?

여울이네 가족은 이복 남매들로 이루어졌다는 특수성이 있는데, 솔직히 소설을 읽으면서 진정한 가족일까 혼란스러웠습니다. 가족이라면 같은 부모의 피를 물려받아야 하지 않을까요?

같은 부모의 피를 물려받은 형제자매, 같은 피를 물려받은 자식을 둔 부부는 정말 끈끈한 관계로 맺어져 있다고 할 수 있습니다. 인류는 혈연을 통해 형성된 가족 모델을 아주 오랫동안 유지해 오고 있죠. 플라톤 같은 철학자는 가족을 우선시하는 태도를 경계하며 가족제도를 비판적으로 보기도 했지만, 핏줄로 이어진 가족 모델이 인간의 삶을 지금까지 유지해 왔다 해도 과언이 아닙니다. 가족이라는 안정적인 울타리 속에서 살아갈 때, 사람은 자신의 역할을 충실히 수행하는 법은 물론이고 다인을 위하고 사랑하는 법도 배울 수 있죠. 이러한 최소 단위의 가족이 모여 건강한 사회를 이루는 것입니다.

하지만 최근 우리 사회에서 가족의 형태는 무척 다양해졌습니다. 이런 변화를 외면할 수는 없어요. 한부모 가족, 계부모 가족, 조손 가족을 비롯해 위탁으로 생겨난 비혈연 관계의 가족에 이르기까지, 예전보다 다양한 유형의 가족들이 생겨나고 있습니다. 이들 중에는 기존의 가족보다 더 끈끈하고 화목하게 가정을 유지해 가는 경우도 많고요. 그러니 혈연 중심의 가족은 가족대로 지켜 가면서 비혈연 가족의 존재도 인정하는 것이 합리적이라고 생각합니다. 이미 실체가 존재하는데, 그들에게 편견을 가져서는 안 된다고 봐요.

우리 사회에는 비혈연 관계 가족에 대해 어떤 편견이 존재할까요?

혈연으로 맺은 가족만 제대로 된 가족이라고 여기는 편견이 여전히 우리 사회에 존재합니다. 앞에서도 말했듯이 최근 우리 사회는 가족 형태가 정말 다양해졌어요. 특히 재혼 가정이 증가하면서 아빠나 엄마가 다른 자녀들이 형제자매가 되는 경우도 적지 않죠. 그럼에도 불구하고 아직 우리 사회에는 부부와 그들이 낳은 친자녀로 구성된 가족만을 완벽한 가족으로 여기는 편견이 존재해요. 대표적으로 계부모에 대한 편견을 들 수 있어요. 이 중에서 계모에 대한 편견은 더 뿌리가 깊죠. 아동 학대 사건이 일어나면 사람들은 대부분 그 가해자가 계모일 것이라고 의심합니다. 사실 아동 학대는 친부모가 저지르는 경우가 훨씬 더 많은데 말이죠.『장화홍련전』이나『콩쥐팥쥐전』같은 고전소설이나 영화, 드라마에 그려진 계모 이미지가 부정적이다 보니 생긴 일인 듯한데, 이런 인식이 여전히 존재하고 있다는 게 문제라고 봅니다.

이 소설의 불량 가족 구성에도 비혈연 가족에 대한 사회적 편견이 반영되어 있어요. 이복 남매로 이루어진 여울이네 가족은 서로를 삼류 인생으로 취급합니다. 엄마가 다르다는 점이 결정적으로 작용한 거죠. 이는 혈연으로 이어지지 않으면 진짜 가족으로 받아들이기 어렵다는 인식이 반영된 결과라고 할 수 있어요. 저는 우리 사회가 혈연 중심의 가족을 당연하게 받아들이는 분위기에서 벗어나야 한다고 생각합니다. 그래야 다름을 존중하고, 모두가 조화롭게 공존하는 삶이 가능해지지 않을까요.

혈연으로 맺어진 가족 자체를 부정하는 것은 아니시죠?
자신과 닮은 존재, 곧 자식을 낳고 보듬으며 살아가는 건
자연의 섭리니까요.

혈연으로 맺은 가족을 부정하기는 어렵겠죠. 하지만 혈연 중심

의 가족 문화에도 허점은 있습니다. 사람들은 흔히 혈연으로 맺어진 가족을 운명이라고 생각하는 경향이 있어요. 그러다 보니 혈육 간에 저질러지는 범죄나 악행에 관대한 경우가 적지 않죠. 아동 학대도 사실은 친부모에게서 가장 많이 일어나는데, 이는 혈육으로 맺어진 아이를 독립적인 존재로 여기기보다 자기 소유물로 생각하는 경향이 있기 때문입니다. 혈연에 대한 왜곡된 생각이 폭력을 정당화하게 만드는 것이죠.

역사적으로 보면 혈연이 가족을 이루는 기준이 된 시기는 원시 사회로, 집단생활을 질서 있게 영위해 나가기 위해서였다고 합니다. 그러니까 몸속 피는 타고난 것일지언정, 혈연에 대해 사회적 의미가 부여된 것은 질서유지라는 필요에 따른 결과물이었던 것이죠. 게다가 우리나라는 유교 문화가 한동안 사회 전반을 지배하면서 혈연은 물론 지연, 학연 등이 중시되어 왔어요. 그로 인해 오늘날 혈연주의는 국가적 차원의 순혈주의를 심화시키고 입양 문화에 걸림돌이 되는 등 폐해가 크죠. 혈연으로 맺은 가족을 부정하자는 것이 아니라 혈연만 중시하여 왜곡된 가정이 만들어지는 것을 경계할 필요가 있다고 생각합니다.

코스튬 플레이와 자존감

『불량 가족 레시피』는 이복 남매로 이루어진 가족을 소재로 기존의 가족제도에 대해 성찰하는 소설입니다. 그런데 이 소설에는 이른바 '불량 가족' 못지않게 중요한 소재가 하나 더 등장합니다. 바로 코스튬 플레이예요. 축제나 행사장, 혹은 대학 주변에서 사람들이 만화나 게임 캐릭터 복장을 하고서 놀이를 즐기는 장면을 한 번쯤 본 적이 있을 텐데요. 그게 바로 작품의 주인공 여울이 즐기는 코스튬 플레이입니다.

코스튬 플레이는 '복장'을 뜻하는 '코스튬(costume)'과 '놀이'를 뜻하는 '플레이(play)'가 합쳐진 말로, 본래 영국에서 죽은 영웅들을 추모하며 그들의 모습대로 분장하는 예식에서 유래했습니다. 그랬던 것이 일본으로 넘어오면서 인기 스타나 만화·영화·컴퓨터 게임 속 캐릭터로 분장해 이들을 흉내 내는 놀이로 대중화됐죠. 우리나라에서는 1990년대 중반에 시작됐는데, 온라인 동호회 등이 활성화되

면서 10대 사이에서 유행하는 문화가 됐습니다. 일본어로 코스프레(コスプレ), 영어로 코스플레이(cosplay)라고 표현하기도 하죠.

소설 속 주인공 '권여울'은 코스튬 플레이를 매우 좋아하는 여고생입니다. 그런데 여울은 하고많은 놀이 중에 어째서 코스튬 플레이에 푹 빠지게 된 것일까요? 소위 말하는 '노는 아이'라서 그랬던 것일까요? 하지만 이 소설을 보면 외고에 다니는 모범생 류은도 코스튬 플레이에 집착합니다. 심지어 중년의 아주머니도 열정적으로 취미를 공유하죠.

이들의 공통점은 과연 무엇일까요? 그것은 이들 모두 불편한 현실로부터 탈출하고 싶어 한다는 사실입니다. 이들은 모두 분장된 캐릭터 속으로 들어가 새로운 인물로 다시 태어나는 경험을 합니다. 다른 캐릭터로 분장을 하면 성적이나 외모, 가정환경, 직업 등 각자를 구속해 온 현실적 조건들로부터 자유로워지면서 마음이 가벼워집니다. 그리고 어찌 됐든 순식간에 남들의 주목을 받는 존재가 되죠. 게다가 비슷한 처지에 놓인 사람들끼리 함께 코스튬 플레이를 하는 과정에서, 사람들은 타인이 자신을 배려하고 인정해 준다는 느낌을 받게 됩니다. 평소 가족이나 친구들로부터 인정과 존중을 받지 못했다면 코스튬 플레이는 분명 매력적으로 느껴질 것입니다.

물론 코스튬 플레이는 허탈감을 주기도 합니다. 활동이 끝나면 또다시 냉엄한 현실이 자기 앞에 가로놓여 있거든요. 하지만 얼마

뒤면 다시 그 짧은 만족감을 느낄 수 있다는 사실에 기운이 생깁니다. 여울은 코스튬 플레이를 하면서 우울한 기분을 떨치고, 자존감을 회복할 수 있었습니다.

자존감은 '세상에 맞서 자기를 지키는 마음'입니다. 자존감 형성에는 가족, 그중에서도 특히 부모의 지지가 절대적이에요. 심리학자들에 따르면 어릴 때 부모와 긍정적인 애착 관계를 갖는 아이들은 높은 자존감이 형성되지만, 부정적이거나 애착 관계 자체가 형성되지 않으면 자존감이 낮을 수밖에 없다고 말합니다. 가장 가까운 부모로부터 존중받지 못하면 세상 그 어느 누구로부터도 존중받기 힘들 것이라는 막막함에 자존감이 한없이 추락하게 된다는 것이죠.

소설에서 여울은 아빠가 제대로 결혼도 하지 않고 밖에서 데려온 자식이라는 이유로 가족들로부터 '존재감 없는 인물' 취급을 받았습니다. 애착 관계를 형성해야 할 어머니는 집을 떠났고, 핏줄이 다른 가족들은 여울을 냉대했죠. 성장 과정에서도 여울은 툭하면 가족들에게 욕설을 들었으니 자존감이 높을 수 없었습니다. 이렇듯 자기를 지킬 수 있는 힘이 길러지지 않으니 우울감에 휩싸일 수밖에요. 우울한 여울을 일시적으로나마 달래 준 것이 코스튬 플레이였던 것입니다.

적어도 가족은 누구보다 친밀하기에 자존감을 쌓거나 허무는 데 결정적 영향을 미칩니다. 그러니까 가족에게만큼은 상처를 줄 만한 가시 돋힌 말들을 삼가야 할 것입니다. 이 책에 등장하는 가족들은 한결같이 자존감에 상처를 입고 있어요. 삼촌과 아빠는 경제적인 문제로 서로 상처를 주고, 팔순 넘은 할머니는 입에서 욕설이 떠나지 않습니다. 아빠는 여울에게 폭력까지 행사하죠. 만약 이들이 다시 가족으로 만나게 된다면 가장 먼저 해야 할 일은 무엇일까요? 그것은 아마도 따뜻한 위로의 말 한마디일 것입니다. 그 말 한마디를 통해 자존감이 회복된다면 아무리 힘든 현실이 찾아오더라도 자신을 지킬 수 있습니다. 여울도 캐릭터라는 보호막을 벗고 자신의 삶을 살아갈 것이고요.

BOOK 5

시간의 의미를 탐색하다
『시간을 파는 상점』

　°"세상에서 가장 길면서도 가장 짧은 것, 가장 빠르면서도 가장 느린 것, 가장 작게 나눌 수 있으면서도 가장 길게 늘일 수 있는 것, 가장 하찮은 것 같으면서도 가장 후회를 많이 남기는 것. 그것이 없으면 아무것도 할 수 없고, 사소한 것은 모두 집어삼키고, 위대한 것에게는 생명과 영혼을 불어넣는 그것, 그것은 무엇일까요?"

　영국의 물리학자 마이클 패러데이가 수수께끼처럼 던진 이 질문의 정답은 바로 '시간'입니다. 자연법칙에 따르면, 시간은 누구에게나 똑같이 흐릅니다. 하지만 사람들은 똑같은 시간을 서로 다르게 느낍니다. 아인슈타인이 상대성이론을 설명하면서 "좋은 사람과 보내는 30분은 5분처럼 빨리 지나가지만, 지루한 기차 여행은 5분도 30분처럼 느껴진다"고 말했던 것처럼, 시간은 사람의 주관에 따라 다르게 흐르죠. 얼마나 집중하느냐, 얼마나 기억하느냐, 어떤 감정을 느끼느냐에 따라 시간의 흐름이 달라지기 때문입니다.

자본주의사회에서 사람들은 시간으로 사회적 지위나 신분을 가늠하기도 합니다. 시간당 얼마를 받는지를 바탕으로 그 사람의 신분과 지위를 헤아리죠. 예를 들어, 시간당 최저임금을 받는 사람이 있는가 하면, 하루 잠깐 광고를 찍는 것만으로도 엄청난 경제적 이득을 얻는 사람이 있습니다. 개인의 주관에 따라 시간의 가치가 달라지듯이, 사회적인 인식과 쓸모에 따라 시간의 가치가 다르게 정해지는 것입니다.

이렇게 보면 시간이 꼭 추상적인 것만은 아닌 듯합니다. 구체적인 수치로 환산이 가능하니까요. 우리가 읽게 될 김선영 작가의 『시간을 파는 상점』은 바로 이 점에 착안하여 창작된 소설입니다. 시간을 구체적인 대상으로 느끼고 이것을 마치 물건처럼 팔아 보려는 한 여고생의 이야기로부터 소설이 시작되거든요.

소설 속 주인공 온조는 소방관인 아빠가 순직한 뒤 엄마와 단둘이 살아가는 평범한 여고생입니다. 온조는 엄마의 힘을 덜어 주기 위해 빵집에서 아르바이트를 합니다. 하지만 전날 만든 빵을 마치 방금 만든 빵처럼 속여 팔려던 점장에게 대들었다가 일을 그만두죠. 다음으로 일자리를 얻게 된 쌀국숫집에서는 체력이 딸려 며칠 일하지도 못한 채 그만둡니다. 비록 짧은 경험이었지만 온조는 시간에 따라 보수가 달라지는 것을 보면서 시간이 곧 돈이라는 생각에 이릅니다.

이후 온조는 인터넷 카페에 '크로노스'라는 닉네임으로 '시간을 파는 상점'을 엽니다. 이름은 거창하지만 의뢰인을 위해 자신의 시간을 내주겠다는 것이죠. 일종의 상담이나 심부름을 해 주고 대가를 받겠다는 계획입니다. 그렇다고 마구잡이로 아무 일이나 해 주는 것은 아닙니다. 상점 운영 원칙은 다음과 같았습니다. '능력 이상은 거절한다. 옳지 않은 일은 절대 접수하지 않는다. 의뢰인에게 조금의 위로라도 줄 수 있는 일을 선택한다.'

온조에게 의뢰인들이 찾아옵니다. 첫 번째 일은 누군가가 훔친 물건을 제자리에 가져다 놓는 일이었죠. 나중에 알고 보니 물건을 훔친 아이는 모범생이었어요. 하지만 그 아이에게는 나름의 사연이 있었어요. 부모로부터 늘 완벽함을 요구받았고, 그래서 마음에 큰 상처를 입었던 거예요. 그러다 도벽까지 생겼고요. 온조는 처음에는 꺼림칙해서 일을 거절하려 했지만 얼마 전 학교에서 도둑으로 몰렸던 아이가 자살한 일을 떠올리며 그 일을 맡았습니다. 만약 누군가가 도둑으로 몰리게 되면 또다시 비극적인 일이 일어날 수도 있으니까요.

두 번째 일은 외로운 할아버지와 한 끼 식사하기였습니다. '강토'라는 아이디를 지닌 의뢰인이 자기 할아버지와 함께 식사를 해 달라는 요청을 해 왔던 것입니다. 사실 그 할아버지는 자식에게 "공부만 잘하면 된다, 너만 잘되면 된다"고 가르쳤다고 합니다. 출세나 성과에 집착해서 아들에게 앞만 보고 빠르게 달리라고만 가르쳤던 것이죠. 『이상한 나라의 앨리스』에 등장하는 토끼처럼 시계를 들고 바쁘다고 재촉만 했던 것입니다. 그랬더니 아들은 자기만 아는 이기적인 사람으로 성장했고, 어른이 되어서는 정작 부모를 외면하고 말았습니다. 할아버지가 교통사고가 나서 병원에 입원해 있을 때 하필 할머니가 돌아가셨는데, 아들이 찾아오지 않아 시신을 종합병원 냉동고에 방치하는 일까지 생기고 말았죠. 할아버지는 분노가 치밀어 아들을 고소하게 되었고, 손자인 강토는 할아버지와 아버지를 이해하지 못한 채 방황하고 있었던 것입니다.

온조에게 처음 일을 의뢰한 모범생이나 두 번째 일에서 만난 할아버지나 모두 성과에 집착해서 시간을 경쟁적으로 보내는 바람에 인생이 상처로 얼룩진 사람들이었습니다. 시간을 잘게 조각내어 쓰면서 남을 돌아볼 여유 없이 바쁘게만 보낸 결과였죠.

프랑스 철학자 질 들뢰즈는 "현재란 언제나 현재와 과거의 복합체이고 결정체다. 과거는 지나간 시간이 아니라 우리의 삶 속에서 동시적으로 존재하는 시간이다."라고 했습니다. 그의 말대로라면 상처받은 과거는 생명력을 지닌 채 현재에서 여전히 꿈틀거리고 있어요. 과거는 기억에 머무는 것이 아니라 현재와 꾸준히 소통하고 있죠. 그런 까닭에 할아버지는 자식을 상대로 재산 반환 소송을 벌였고, 강토는 부모와 할아버지를 떠나 살아갔던 것입니다. 다행히 할아버지는 지난날의 과오를 성찰하고 있었어요. 온조와 따뜻한 식사를 나누며 자신의 깨달음을 전해 주죠.

"지나간 시간을 되돌아보면 어떻게 그 많은 일을 헤치며 왔을까 싶네. 그러다가도 꿈결처럼 아스라한 옛일이 되어 현실감이 나지 않기도 하지. 요즘은 속도가 너무 빨라. 왜 이리 빠른지 모르겠어. 빠르다고 해서 더 행복한 건 아닌 것 같은데 말이야. 오히려 속도 때문에 사고가 나는데도 말이야. 기계든 사람의 관계든 지나치게 빠르면 꼭 문제가 생기게 되어 있어. 온조 양도 명심하게." …

"… 휴대폰과 컴퓨터는 어떤가? 나 같은 노인네는 따라갈 수도 없고 안 따라붙자니 자꾸만 소외되는 느낌이 들어. 그 소외를 부추기면서 자꾸만 새로운 걸로 소비하게 만드는 게 요즘 시대야. 그렇지 않으면 뒤처진다고 서로 부채질해. 사람들은 그것에 발맞추기 위해 더 많이 일하고 더 빠른 속도로 소비하는 거지. 그런 걸 쓰지 않아도 살아가는 데 아무 지장이 없는데도 말이야. 똑같은 성분의 약을 먹고 하나같이 취해 있는 것 같아. 된통 홀려 있는 거지."

— 김선영, 『시간을 파는 상점』(자음과모음)에서

온조는 강토에게 진심을 다해서 할아버지의 마음을 전해 줍니다. 그리고 할아버지께도 시간을 나눠 달라는 부탁을 곁들이죠. 온조의 노력 덕분일까요? 작품 말미에서 강토의 가족은 화해를 이루게 된답니다.

그러던 어느 날 온조에게 독특한 의뢰가 들어옵니다. 한 달에 두 번, 시골의 한 우편함에 편지를 직접 넣어 주고 오는 일이었죠. 편지의 수신인들 이름도 독특해서, '민들레, 꽃마리, 진달래, 노루귀'와 같은 꽃 이름이었습니다. 의뢰인은 수신인 이름과 똑같은 꽃을 봉투에 붙여 달라며 누름 꽃들도 함께 보내왔습니다. 온조는 시골 버스를 타고 느닷없이 우편배달부 역할을 하게 되었죠.

다섯 번째 편지를 배달하던 날, 마침내 온조는 의뢰인의 사정을 알게 되었습니다. 의뢰인이 더 이상 세상에 존재하지 않는다는 사실을, 그리고 의뢰인이 차례차례 전하는 편지가 이미 세상을 떠나버린 한 선생님이 반 아이들에게 남긴 편지였다는 것을….

그 선생님은 죽기 전 '아이들과의 시간을 좀 더 잡아 두고 싶다는 간절함'으로 온조에게 편지 배달을 부탁한 것이었습니다. 그 덕분에 아이들에게 선생님은 여전히 곁에 머무는 존재였습니다. 선생님은 아이들에 대한 사랑의 힘으로 시간을 늦추는 일을 실현했던 것이죠.

사람들은 '1년 365일, 하루 24시간'이 고정불변하다고 생각합니다. 시간의 흐름은 언제 어디서나 일정해서 1분 1초도 틀림이 없다고 생각하죠. 또한 시간은 과거에서 현재, 현재에서 미래로만 흐른다고 생각합니다. 이런 믿음은 오랫동안 절대적이었어요. 하지만 앞서 말한 것처럼 인간의 주관적인 시간이 자연의 법칙대로만 흐르는 것은 아닙니다.

사실 자연세계에서의 물리법칙에서도 시간을 더 이상 고정불변한 것으로 보지 않습니다. 아인슈타인의 상대성이론에 따르면 중력의 영향으로 시공간이 휘어질 경우 시간은 빠르게 흐를 수도, 느리게 흐를 수도 있습니다. 우주여행을 하고 온 쌍둥이 형이 지구에 있는 쌍둥이 동생보다 나이를 덜 먹는다는 이른바 '쌍둥이의 역설'이 대표적인 사례죠. 형이 탄 우주선은 빛의 속도로 움직임과 동시에 엄청난 중력을 받으면서, 지구 관측자가 볼 때 그 속에서 시간 지연이 일어나는 것처럼 보입니다. 우주선의 속도가 더 빨라진다면, 시간은 현재에서 과거로 흐를 수도 있어요.

온조는 여러 일들을 겪은 뒤 상점 운영 원칙을 바꿉니다. 핵심은 '상점을 더 이상 혼자서만 운영하지 않겠다'와 '더 이상 돈을 받지 않겠다'는 것이었죠. 저자인 김선영 작가는 이러한 변화에 대해 "주인공 온조가 상점을 운영하면서 어떤 시간이 행복한지 깨달았고 마침내 카이로스의 시간을 형상화하게 되었다"고 설명합니다. 카이로스는 크로노스와 같은 시간의 신이지만, 크로노스와 달리 행복과 불행을 가르는 신입니다. 처음에 온조는 시간이 곧 돈이라는 생각에 카페를 열었으나, 점차 시간의 가치가 행복에 달렸음을 깨닫게

되죠. 시간의 개념이 크로노스에서 카이로스로 성숙한 것입니다.[*]
또한 카이로스의 시간이 영원하다는 것도 알게 됩니다. 세상을 떠난 아빠와 보낸 행복한 시간이 자신에게 영원한 것처럼 말이죠.

●   카이로스 시간은 '특별한 일순간·질적 개념으로서의 시간'을 의미하고, 크로노스의 시간은 '기계적으로 흐르는 연속한 시간'을 뜻한다.

우리는 자율적으로 시간을 보낼 수 있을까

소설 제목이 '시간을 파는 상점'인데요, 저는 소설을 읽으면서 시간에 대한 이야기 못지않게 가족 문제를 다룬다는 느낌을 많이 받았습니다. 이 점에 대해 어떻게 생각하세요?

저도 그렇게 생각합니다. 이 소설의 첫 번째 에피소드에서 물건을 훔친 모범생은 부모님과의 갈등으로 고민하는 친구였고, 온조와 같은 반 학생인 혜지도 부모님과 갈등을 겪으면서 반 학생들과 담을 쌓은 채 지내고 있었죠. 그리고 강토의 가족, 할아버지와 아버지도 결국 가족 문제로 갈등을 겪고 있었습니다. 주인공 온조도 엄마가 생물 선생님과 사귀는 문제로 내면적 갈등을 잠시 겪었고요. 어쩌면 소설이 가족 간의 갈등을 주제로 삼은 것은 아닐까 하는 생각마저 들 정도였습니다. 아마도 가족은 가장 많은 시간을 함께 보내는 사이다 보니 소설에는 가족 갈등, 그중에서도 부모와 자식 간의 갈등이 주로 그려진 것 같습니다.

소설 속에서 가족들이 갈등하는 까닭이 '시간'과 관련이
있을까요? 제목이 '시간을 파는 상점'이니 만큼 '시간'과
관련성을 찾을 수 있을 것 같은데요.

이 소설에서 시간은 아주 중요한 소재라고 할 수 있어요. 우선
소설에서 인물들이 갈등을 겪는 까닭은 모두 시간으로 인해 생기는
일 때문입니다. 무엇보다 부모가 자식의 시간을 통제하고 지배하려
했기 때문에 갈등이 생겨난 것입니다. 가장 대표적인 사람이 강토
할아버지로, 젊은 시절 자식에게 공부만을 강요한 것은 시간을 통
제한 경우라고 할 수 있죠.

또한 첫 번째 에피소드의 주인공인 물건을 훔친 아이와, 친구들
과 말 한마디 안 하는 혜지도 자신들의 시간을 자유롭게 쓸 수 없
었습니다. 부모님에게 자율적인 시간을 빼앗긴 채 살아가고 있었
죠. '명문대에 진학해야 한다. 최고가 되어야 한다. 동화 작가 같은
직업은 안 된다.' 부모님한테 이런 말을 들으면 현재는 물론이고,
미래의 시간까지 압류당한 느낌이 들 거예요. 아마 자식에 대한 지
나친 걱정과 기대, 그리고 자식이 독립된 인격체가 아니라 부모의
일부라는 생각이 자식의 시간을 통제하려는 그릇된 태도로 나타난
듯합니다.

시간을 압류당했다? 너무 부정적인 해석이 아닐까요?
청소년들이 시간을 자율적으로 관리하지 못하면 어른들이 대신
계획을 짜 줄 수도 있는 거잖아요.

그럴 수도 있습니다. 실제로 청소년들 중에는 학교와 학원이 모두 방학에 들어가면 자신에게 남아도는 시간을 어떻게 보내야 할지 몰라서 막막해하는 친구들도 있다고 하니까요. 잠만 늘어지게 자다가 차라리 누군가가 자기 시간을 관리해 주었으면 하는 생각마저 하게 되죠. 실제로 부모님이 시간을 관리해 주는 게 효율적일 수도 있어요.

하지만 이는 우리나라 청소년들이 자율적으로 시간을 보낸 경험이 별로 없기 때문일지도 모릅니다. 어려서부터 부모님이 정해 놓은 스케줄에 따라 살다 보니 시간을 주체적으로 쓸 줄 모르는 거죠. 저도 어른들이 어린 자식에게 세상을 살아가는 방법을 안내해 주고, 그 과정에서 시간을 관리해 주는 게 조금은 필요하다고 봅니다. 그러나 자식이 어느 정도 성장해서 스스로 시간을 보내는 법을 깨치려 할 때는 적당히 물러서서 지켜봐야 한다고 생각해요. 그때까지도 자식의 시간을 통제하려 하니 갈등이 생기는 거죠. 자식이 진학할 학교와 장래 직업까지 부모가 결정하려 든다면, 이는 자식의 미래 시간을 부모가 빼앗는 것이나 다름없습니다. 우리가 앞에서 살펴본 것처럼 각자의 주관에 따라 시간은 달리 흐르게 마련입니

다. 따라서 주체적으로 시간을 보내는 것이 시간을 잘 사용하는 방법이겠죠.

'주체적으로 시간을 보낸다'는 말이 너무 추상적인데요. 부연 설명 부탁드립니다.

저는 시간이 '의미와 가치를 만들어 가는 과정'이라고 생각합니다. 여기서 무엇을 가치 있게 보느냐는 사람마다 다릅니다. 소설 속에 등장하는 혜지처럼 동화를 쓰는 일이 의미가 있을 수 있고, 어떤 사람은 글을 쓰는 일이, 또 어떤 사람은 남을 치료하는 일이 가치로운 일이 될 수 있겠죠. 안정된 삶을 살아가는 것도 가치가 있는 일일 테고요.

그런데 만약 스스로 가치를 부여하지 못한 채, 누군가로부터 특정 가치를 일방적으로 강요받아 이를 좇으며 시간을 보내야 한다면, 아무리 많은 시간이 흘러도 삶은 무의미하게 느껴질 것입니다. 과거는 물론 미래까지도 말이죠. 자신의 미래가 무의미하다고 생각되는 순간 삶은 정말 암울해지겠죠. 결국 시간은 우리가 스스로 그 의미를 발견하고, 내용을 채워 나갈 때 진정한 가치를 발휘합니다. 이것은 그 누구도 대신해 줄 수 없겠죠.

바쁘고 부지런한 삶이 좋은 걸까

소설에서 가장 큰 후회를 하는 인물로 강토 할아버지가 있는데요. 젊은 시절 바쁘게 지냈던 시간을 어째서 후회하는 것일까요? 아들과 틀어지기 전부터 후회를 했는데 말이죠.

작품에서 강토 할아버지는 이렇게 말합니다. '내일이면 행복할 사람 여기 잠들다'라는 묘비명을 남기기 싫었다고. '내일이면 행복할 사람'은 어떤 사람일까요? 미래의 행복을 위해서 현재를 아끼며 살아가는 사람일 것입니다. 돈도 시간도 말이죠.

강토 할아버지는 젊었을 때 앞만 보고 달린 사업가였어요. 사회적·경제적으로 성공하기 위해 시간을 늘 아껴서 쓰면서도, 오히려 시간이 부족하다고 느끼며 살아갈 정도였죠. 또 자기 자신에게만 엄격한 게 아니라 자식의 시간마저도 철저히 통제했습니다. 심지어 당신 어머니가 위독할 때조차 손주의 얼굴을 보여 드리지 않았죠. 시골에 가느라 아들이 공부하는 시간을 써 버릴까 봐 아까웠던 것입니다. 결과나 성과에 대한 집착이 인륜마저 저버리게 만들었죠. 결국 이것은 부메랑이 되어 돌아왔고, 할아버지 인생에는 아무것도 남지 않았어요. 치열하게 살아온 삶이 할아버지에게 남긴 것은 세월을 허비했다는 후회뿐이었습니다.

비슷한 말을 온조 엄마도 했던 것 같은데요.

맞습니다. 온조 엄마도 시간을 너무 쪼개 써서 후회가 남는다고 했어요. 소설에서 온조 엄마가 온조에게 이런 말을 하죠. 살면서 가장 후회되는 것은 바쁘다는 이유로 온조 아빠와 시간을 많이 보내지 못한 거라고 말입니다. 온조 아빠는 소방대원으로 일하다가 교통사고로 세상을 떴는데, 살아 있는 동안 가족끼리 제대로 소풍 한번 가 보지 못했다고 합니다. 현재를 제대로 누리지 못한 채 바쁜 일상에 중독되어 살아갔던 거죠.

그런데 시간에 쫓기느라 중요한 부분을 놓치고 사는 건 이들에게만 해당되는 이야기는 아닌 듯합니다. 우리 주변만 봐도 청소년은 학교와 학원에서, 부모님은 직장에서 대부분의 시간을 보내느라 삶을 돌아볼 여유가 없죠. 성과를 강요하는 사회 분위기가 현재라는 시간의 가치를 희석시키고 있는 것 같습니다. 요즘은 주 5일제가 정착되고, 주 52시간 근무제*가 도입되면서 저녁 있는 삶을 추구하는 사람들이 늘고 있긴 해요. 하지만 미래를 위해 현재를 희생시키는 분위기가 사라지려면 좀 더 기다려야 할 듯합니다.

●　주당 법정 근로시간을 68시간에서 52시간으로 단축한 근로제로, 2018년 7월 1일부터 종업원 300인 이상의 사업장과 공공기관을 대상으로 시행되었다. 주 52시간 근로제는 평일 기본 근로시간 40시간에 휴일 근무를 포함한 연장 근로를 모두 12시간까지만 법적으로 허용한다.

그런데 우리나라는 일제강점기와 6·25 전쟁을 잇달아 겪으면서 삶의 기반도 물자도 대부분 잃고 말았습니다. 이런 상태에서 반세기만에 놀라운 발전을 이룩한 것은 시간을 알차게 쓴 대가라고 할 수 있지 않을까요?

네, 물론입니다. 만약에 전후 반세기를 느긋하고 여유로운 마음으로 보냈다면, 오늘날 우리가 누리는 풍요는 불가능했을지도 모르죠. 시간을 쪼개고 아끼면서 성실하게 생활한 덕분에 풍족한 삶을 누리고 있는 것은 맞습니다.

하지만 우리나라의 고속 성장을 언제나 긍정적으로만 평가할 수는 없습니다. 산업화가 고도로 진행되는 과정에서 발생한 여러 부작용도 반드시 돌아봐야 해요. 지나치게 경쟁이 가열되면서 더불어 살아가는 미덕이 사라지고, 물질 만능주의, 인간 소외, 이기주의가 심화됐으니까요. 우리 국민은 효율성을 최우선으로 추구하면서 시간을 초와 분 단위까지 쪼개 쓰고 있어요. 산업화를 이룬 것은 대단한 일이지만 그러다 보니 우리의 시간관이 지나치게 효율성에만 갇혀 있는 것은 아닌지 걱정이 됩니다. 기계처럼 움직이는 일상 속에서 타인을 이해하고 배려하는 정서는 찾아보기 어렵게 됐죠. 가족끼리 얼굴 보고 밥 한 끼 먹기조차 힘든 상황에서, 성공은 아무 의미가 없습니다.

우리보다 산업화를 먼저 경험한 유럽의 국가들은 노동시간에
대한 개념이 어떻게 변화해 왔나요?

　유럽은 산업혁명 초기까지만 해도 하루 15시간 이상의 장시
간 노동이 보편화되어 있었습니다. 그 뒤 많은 노동자들의 노력으
로 점차 노동시간이 줄어 1802년에는 12시간 노동제로 바뀌었고,
1850년 이후에는 10시간 노동제가 정착되었죠. 1990년대 중반부터
는 주 40시간 노동제가 시행되어 지금에 이르고 있습니다.

　따라서 현재 유럽 선진국은 노동시간이 우리나라보다 훨씬 짧아
요. 하루 8시간 이상 노동은 법으로 철저히 규제하고, 지나치게 일
을 많이 하면 일부러 강제 휴가를 보내기도 한답니다. 상당수의 사
업장이 3~4시면 업무를 종료하고, 어떤 곳에서는 주 5일이 아닌, 주
4일 근무를 추진하기도 하죠. 앞으로 인공지능 로봇 등이 산업 현
장에서 늘어나면서 갈수록 공장 자동화·무인화가 심화될 거예요.
그러니 일자리를 나눈다는 차원에서 노동시간을 더욱 줄여 나갈 필
요가 있습니다. 이렇게 일하는 시간을 줄여서 남은 시간은 가족과
함께, 혹은 자신만을 위한 시간으로 쓰면 좋겠죠. 우리 사회도 얼마
전 주 52시간 근무제를 법으로 정했는데, 앞으로도 꾸준히 적정 근
로시간에 대한 논의가 이루어져야 합니다. 우리에게 주어진 유한한
시간을 값지게 보내는 방법이 무엇인지 진지하게 고민할 때가 된
것이죠.

자본주의와 함께 나타난 근대적 시간

여러분은 하루에 시계를 몇 번이나 보나요? 아마 너무 자주 보기 때문에, 몇 번이나 보는지 생각해 본 적도 없을 것입니다. 수업시간이 지루할 때도, 점심시간이 가까워 올 때도, 버스나 지하철을 기다릴 때도, 스마트폰으로 친구와 문자를 주고받을 때도 자동적으로 시간을 보게 되죠. 잠을 언제 잘지 계산하면서도 시계를 보고, 아침에는 시계의 알람 소리로 눈을 뜹니다. 그렇다면 우리는 언제부터 이렇게 시간을 수시로 체크하며 살아온 것일까요? 아마도 시계가 발전해 온 역사를 더듬다 보면 해답이 나올 것입니다.

고대에도 시계는 있었습니다. 기원전 이집트에도 해시계와 물시계가 있었고, 우리 신라 시대에도 해시계가 있었다고 전해지죠. 조선의 세종대왕은 백성들이 편하게 시간을 볼 수 있도록 해시계 '앙부일구'와 물시계 '자격루'를 제작하기도 했습니다. 하지만 이런 옛날 시계들은 개인 소장품이 아니었고, 하루 24시간도 12시간으로만 구분

하는 등 정교하지 않았습니다. 그렇다면 시·분·초 단위를 정확하게 나타내는 시계는 언제 만들어졌고, 왜 널리 보급되었을까요?

시계가 일상에서 널리 쓰이기 시작한 때는 유럽에서 도시가 발달하면서부터입니다. 농촌과 달리 도시경제는 상공업에 의해 움직입니다. 즉 물건을 생산하고 이를 사고파는 일이 경제를 돌아가게 만들죠. 그런데 이것은 사람들의 시간관념에 지대한 영향을 줍니다. 이전과 달리 분, 초 단위의 계산이 필요해졌기 때문입니다.

도시가 발달하기 전에는 경제력의 중심이 토지에 있었습니다. 그땐 주로 농사를 짓고 살았기 때문에 시간 구분이 정밀할 필요가 없었어요. 계절이 순환하는 것만 봐도 씨를 뿌리고 수확할 시기를 알 수 있었거든요. 하지만 도시 상공업자들의 삶은 이와 달랐습니다. 공장의 기계들은 빠른 속도로 줄기차게 제품을 쏟아냈습니다. 그러니 기계가 작동하는 시간이 분이나 초 단위에서라도 어긋나면 고장을 일으키거나 멈춰 버리는 일이 벌어졌죠. 그들은 이를 해결하기 위해 시간을 분, 초 단위까지 철저하게 계산했고, 그 결과 공장의 효율을 극대화할 수 있었습니다. 그러다 보니 시간에 따른 생산물의 양이 크게 증가했고, 이는 이윤으로 직결되었죠. 또한 근로시간이 보수로 환산되면서 노동자들도 시간을 명확하게 관리할 필요성을 절감했습니다. 시간이 곧 돈이 된 세상이 온 거예요. 이는 소설 『시간을 파는 상점』 초반에서 온조가 보였던 시간에 대한 태도와 비슷합니다.

오늘날 시간은 일상을 지배하는 기준이 되었습니다. 그러면서 시간을 계획하고 관리하는 것이 매우 중요한 일이 됐죠. 여러분에게 주어지는 수업 시간표를 한번 떠올려 보세요. 여러분은 오늘 학교에 몇 시에 등교했나요? 점심은 언제 먹고, 집에는 언제 돌아가죠? 이러한 모든 행위의 기준이 바로 시간표에 들어 있습니다. 잠을 더 자고 싶어도 학교에 지각하지 않으려면 정해진 시간에 일어나야 하고, 배가 아무리 고파도 점심시간까지는 참아야 합니다. 청소년뿐만이 아닙니다. 일터나 가정에 있는 사람들도 일정한 시간표 속에서 하루하루를 보내요. 일이나 공부를 하도록 정해진 시간에는 퇴근해서는 안 되고 휴식을 취할 수도 없습니다. 대부분의 사람들이 자신의 자유로운 의지나 개성에 따라 살아가기보다 표준화된 시간 규칙에 따라 살아가고 있는 것입니다. 필요에 의해 발전한 시간 개념은 이제 피할 수 없는 구속처럼 느껴지고 있습니다.

이처럼 인간이 시간의 가치를 인식하게 된 이유는 삶의 유한성을 자각하는 '시간 의식'이 있기 때문입니다. 이는 다른 생명체와 구분되는 특성이기도 하죠. 그렇기 때문에 인간은 과거를 후회하고 미래를 불안해할 수도 있습니다. 시간 의식이 존재하지 않는다면 시간을 어떻게 보내든지 아무 상관없겠죠. 자, 이제 시간에 대한 여러 가지 이야기를 들었으니, 마지막으로 자신만의 시간관을 정립해 보길 바랍니다. 어쩌면 그것이 행복의 좌표를 제공해 줄지도 모르니까요.

이제는 ...
사회로 눈을 돌릴
때 ...

BOOK 6

예술과 현실은 대립적인 관계인가
『멋지기 때문에 놀러 왔지』

°18세기 프랑스에 조르주루이 뷔퐁이라는 학자가 있었습니다. 그는 수학과 철학에 조예가 깊었고 뉴턴의 과학책들을 프랑스어로 번역할 만큼 과학적 지식과 글쓰기 능력도 뛰어났죠. 또한 왕립식물원장을 지내는 동안 동식물을 분류하며 총 32권의 『박물지』를 집필한 작가이기도 했습니다. 그런 그가 작가를 지망하는 사람들을 위해 남겨 놓은 글이 '문체에 관한 몇 가지 생각'입니다. 그는 이 글에서 이렇게 말합니다. "문체는 곧 그 사람 자신이다. 문체는 어느 누구에게 빼앗겨질 수도, 옮겨질 수도 없다." 우리는 흔히 '글은 곧 그 사람이다', 혹은 '말은 곧 그 사람이다'라는 말을 듣곤 하는

데, 이는 뷔퐁의 말에서 시작되었을 것입니다.

뷔퐁의 말처럼 어떤 글을 쓰는지 살펴보면 그 사람을 알 수 있어요. 글 속에 그 사람의 인격이나 성품이 고스란히 드러나기 때문입니다. 따라서 글쓰기는 자유롭게 이루어져야 해요. 만약 누군가가 글쓰기를 억압한다면, 그것은 글이 아니라 그 사람을 억압하는 것과 마찬가지입니다. 또한 내용과 형식을 일방적으로 미리 정해 놓고 글쓰기를 강요한다면 그것은 글 쓰는 사람에게 인격을 포기하라는 것과 똑같습니다. 이런 까닭에 독재 정권 시절이나 일제강점기 때는 글쓰기를 그만두는 작가들이 많았어요. 글쓰기를 통제받고 검열받는 것처럼 모욕적인 일은 없으니까요.

조선 시대에도 글쓰기 때문에 지식인 사회가 어수선했던 적이 있습니다. 바로 성군(聖君)이라고 불리던 정조 때 있었던 일이죠. 설흔 작가의 『멋지기 때문에 놀러 왔지』에는 정조 시절 글쓰기를 통제하려던 권력에 끝까지 맞서다 불우한 삶을 살았던 선비들의 이야기가 펼쳐져 있습니다.

햇살이 부드러운 늦은 봄날, 논산 현감 김려에게 우태라는 젊은 청년이 찾아와 느닷없이 시 한 편을 읊었습니다. 「백봉선부」! 이 시는 오랫동안 잊고 지낸 한 친구의 이름을 떠올리게 했어요. 이옥! 그는 성균관 유생 시절 김려의 절친이었습니다. 시에 등장하는 '백봉선'은 하얀 봉선화로 붉은빛이 없어서 여인들에게 외면받는 꽃이죠. 손톱에 물들일 수도 없는 하얀 봉선화를 보고 이옥은 그 꽃이 자신의 처지와 비슷하다고 여겼는지 시로 지어 노래했습니다. 출세나 이익을 탐하지 않고, 현실에 타협하지 않은 채 자기 방식대로 글을 썼던 이옥. 그가 남긴 「백봉선부」를 김려가 잊을 리 없었죠. 김려에게 이옥은 가장 가깝지만 한편으론 부담스러운 친구였으니까요. 그런데 그 친구의 아들 우태가 자신을 찾아온 것입니다.

우태는 종이 뭉치를 꺼내 김려에게 내놓습니다. 그것은 아버지 이옥이 평생 동안 쓴 글을 모은 것이었죠. 이를 보자 잊고 있던 과거가 하나둘 떠오르며 김려의 머릿속은 복잡해집니다. 이옥! 그는 대체 어떤 친구이기에 김려의 마음을 이토록 뒤흔든 것일까요?

흔히 조선의 개혁 군주하면 떠오르는 임금이 있습니다. 바로 정조입니다. 그는 왕립 도서관인 규장각을 만들고, 수원 화성을 건축했으며, 서얼에게도 벼슬길을 터 주는 등 뛰어난 업적을 남긴 임금입니다. 하지만 정조를 좋게 기억할 수 없는 사람들이 있었으니, 그들이 바로 이옥과 김려입니다. 글을 잘못 썼다는 이유만으로 한 사람은 군대에 끌려가고, 한 사람은 유배를 당해야 했습니다.

정조는 개혁 군주로 널리 알려져 있지만 사상과 표현의 자유의 관점에서 본다면 훌륭한 정책을 펼친 임금은 아니었습니다. 당시 사대부들 사이에는 발랄하고 경쾌한 소설풍의 문체인 '패관소품체 (稗官小品體)'가 유행했어요. 하지만 유학에 정통한 정조는 이런 문체를 사회질서를 어지럽히는 암적인 요소로 보았죠.

결국 그는 성균관 유생들의 글을 수시로 살피며 사상과 표현을 통제하는가 하면, 자신을 임금인 동시에 스승인 군사(君師)라 부르며 과거 시험 문제까지 직접 출제하기에 이릅니다. 그러다 보니 유생들은 임금의 눈 밖에 날까 두려워 글을 자유롭게 쓸 수 없었어요. 이런 경직된 상황에서 정조에게 잘못 걸려든 인물이 바로 이옥이었죠. 그는 임금의 협박에도 패관소품의 문체를 포기하지 않았고 마침내 과거에 응시할 자격마저 박탈당한 채 군대에 끌려가게 됩니다. 이옥과 어울리던 김려도 유배를 피할 수 없었고요.

김려에게 유배 길은 험난하고 외로웠습니다. 그는 억울한 마음에 대체 어디서부터 인생이 잘못됐는지 생각해 보았죠. 이유는 오직 하나, 그저 길을 잘못 들었다는 것이었습니다. 그리고 그 길의 시작에 절친 이옥이 있었습니다. 김려는 이옥의 재능이 부러웠습니다. 한때 그의 문체를 닮고자 노력까지 했죠. 그의 글은 언제나 살아 있었으니까요.

소와 송아지를 몰고 오는 자, 두 마리 소를 끌고 오는 자, 닭을 안고 오는 자, 문어를 끌고 오는 자, 돼지의 네 다리를 묶어서 메고 오는 자, 청어를 묶어서 오는 자, 청어를 엮어서 늘어뜨려 가져오는 자, 북어를 안고 오는 자, 대구를 가져오는 자, 북어를 안고 대구나 혹 문어를 가지고 오는 자, 담배풀을 끼고 오는 자, 땔나무와 섶을 메고 오는 자, …

이것이 바로 이옥의 글이었다. 성리학과 권위, 지엄한 분부와 모진 명령이 끼어들 자리는 그 어디에도 없었다. … 문체? 그건 아무래도 좋았다. 중요한 것은 글의 성취도였다. 이옥의 글은 장날 풍경 그대로를 눈앞에 보여 주는 데 성공한, 훌륭한 글이었다.

— 설흔, 『멋지기 때문에 놀러 왔지』(창비)에서

    '시장은 북적였다'는 한 문장 대신 끝없이 이어질 것 같은 풍경을 묘사해 시장에 진짜로 온 듯한 착각을 불러일으키는 글. 한 사람, 한 사람에게 평등한 관심을 기울이는 글. 이것이 이옥의 글이었고, 김려는 이옥의 글을 닮고 싶었습니다.

    그러나 임금에게 이옥의 문체는 낭비에 가까웠습니다. 조선의 유학이란 절제가 미덕이기에, 사실을 지나치게 자세히 묘사하거나 인간의 감정과 욕망을 있는 그대로 표현하는 것은 용납될 수 없었죠. 그런 문체는 유학자에게 천박함을 의미할 따름이었습니다. 임금은 이옥에게 문체를 고칠 기회를 줍니다. 반성문을 쓰게 하고 특별 숙제를 냅니다. 이옥이 자신의 문체를 버리고 임금의 명령을 따르기만 하면 모든 문제는 해결될 수 있었죠. 그러나 그는 끝까지 고집을 꺾지 않았습니다. 앞에서 살펴본 뷔퐁의 말처럼 '문체는 곧 그 사람 자신이어서 어느 누구에게 빼앗겨질 수도, 옮겨질 수도 없는' 것이었죠. 임금의 지엄한 명령이 있다 해도 말이에요.

    딱 김려도 처음에는 이옥과 비슷한 문체를 구사했습니다. 문체뿐만 아니라 삶도 그러했어요. 김려도 유배 초반에는 부도덕을 풍자하는 글을 써서 민중에게 읽어 주는 등 관리의 눈치를 전혀 보지 않았죠. 그러나 유배 생활이 길어지자 김려는 고단했습니다. 평범한 생활을 하고 싶었죠. 이옥을 잊고, 정조 임금을 잊고, 자신의 문체를 잊고 그저 가족을 보살피며 살뜰히 살겠다는 바람만 커졌어요. 그가 세도가인 옛 친구 김조순에게 의탁해 논산 현감이 된 까닭은 여기에 있습니다. 김려의 삶에서 치열함은 사라지고 안정만이 남게 되었죠. 그런 그에게 이옥의 아들이 갑자기 찾아온 것입니다.

이옥의 아들 우태는 김려에게 글 뭉치를 건네고 떠납니다. 김려는 그것들을 어떻게 해야 할지 고민하고 있었습니다. 그런데 며칠 뒤 우태가 관아에 잡혀 오는 일이 벌어집니다. 마을 부녀자들에게 불온한 글을 읽어 준 죄목이었는데, 하필이면 우태가 읽어 준 그 글이 청년 시절 김려가 썼던, 신분을 초월한 남녀의 사랑 이야기였습니다. 양반이 상민과 혼인한 이야기였죠. 고을의 원로 최수용은 우태가 반상의 법도를 무시했다며 고을의 현감인 김려에게 우태를 강력히 처벌하라고 요구했어요. 김려는 최수용의 눈치를 보며 혹시라도 원작자인 자신에게 불통이 튈까 봐 우태를 심하게 매질합니다.

그런데 우태는 어떻게 김려가 오래전에 썼던 글을 알고 있을까요? 그의 글은 책으로 낸 적도 없고 그저 몇몇 사람만 알고 있었을 뿐인데 말입니다. 여기에는 비밀이 하나 숨어 있습니다. 더 이상 과거를 볼 수 없던 이옥이 옛 친구를 그리워하며 살아생전에 아들과 함께 김려의 유배지를 찾아다니며 그의 글을 정성스레 모았던 것입니다. 그리고 그 작품들을 빠짐없이 기록해 죽기 전 아들 우태에게 건네주었죠. 김려 자신도 신경 쓰지 않던 글을 친구 이옥이 온갖 정성을 기울여 기록으로 남겼던 것입니다. 이 사실을 알게 된 김려는 어땠을까요? 친구 이옥의 우정에 크게 감동받지 않을 수 없었겠죠. 만약 누군가가 내가 했던 말이나, 썼던 글들을 모두 모아 나를 위해 책으로 남겼다면 어떨까요? 진심으로 고맙지 않을까요? 참으로 이보다 더 멋진 우정이 어디에 있을까요?

정조가 글쓰기를 통제한 까닭은?

책을 읽으면서 가장 놀라운 것은 조선 후기 개혁 군주인 정조의 모습이었어요. 정조는 역사적으로 높은 평가를 받는 임금이 아닌가요?

정조는 영조와 더불어 조선의 르네상스를 이끈 임금으로 평가받습니다. 그는 왕립 도서관인 규장각을 세워 학문을 진흥시켰고, 서얼들이 관직에 나아갈 수 있도록 기회를 주었죠. 이 덕분에 이덕무, 박제가 등 실학자들이 규장각 검서관에 발탁되기도 했습니다. 인재를 고루 등용하기 위해 탕평책을 실시했고, 국방력과 왕권을 강화하기 위해 수원 화성을 축조하는 한편, 상업을 촉진하고자 금난전권을 폐지하기도 했고요. 그는 명실상부 조선의 부흥을 이끈 지도자였어요. 하지만 학문과 사상의 자유, 그리고 표현의 자유를 완전히 보장한 군주라고 보기엔 어려운 면이 있죠.

정조는 학문에도 조예가 깊었다던데 어째서 그런 것일까요?

정조는 지독한 독서광이자 공붓벌레였다고 합니다. 워낙 박식해서 내로라하는 학자들마저 꼼짝 못했다고 하죠. 이런 분위기에서 그는 신하들을 정치의 협력자가 아니라 자신이 가르쳐야 할 대상으로 여기고 직접 학문을 통제했어요. 수시로 성균관에 드나들면서 유생들이 쓴 글을 확인하고, 과거 시험의 답안지도 챙겨서 보았다고 합니다. 그리고 자신이 세워 놓은 기준에 맞지 않는 글을 지으면 반성문을 쓰도록 하고, 이를 지키지 않을 때는 유배형을 내리기도 했죠. 최측근 정약용마저 "임금이 신하들을 아이처럼 대하며 학생처럼 단속한다"고 말할 정도였다고 해요. 역사적으로 많은 업적을 남겼지만 독선적인 면이 없지 않았던 것입니다. 단적인 예로 정조는 자신의 호를 '만천명월주인옹(萬川明月主人翁)'이라고 지었는데, 이는 '만 갈래 시내에 비치는 밝은 달과 같은 존재'라는 뜻입니다. 스스로를 밝은 달에 비유할 만큼 높인 것을 보면 학문에 대한 자부심이 매우 높았고, 그만큼 독선적이었다고 봐야겠죠.

정조 시절에 글을 쓰는 사람들은 정말 곤란한 일을 많이 겪었겠는데요?

네, 맞습니다. 대표적으로 '문체반정(文體反正)' 사건이 있습니다.

문체반정이란 어지러워진 문체를 올바로 되돌린다는 뜻입니다. 당시 조선에서는 이른바 패관소품에 가까운 문체, 곧 현실을 구체적으로 묘사하고 인간의 감정을 솔직히 드러내면서 때로는 해학과 풍자를 활용한 글쓰기가 유행이었어요. 하지만 정조는 이런 문체를 좋아하지 않았죠. 그는 예의와 격식을 갖춘 성리학적인 글을 모범으로 삼고 있었거든요.

마침내 정조는 박지원의 『열하일기』에 쓰인 문체가 불순하다고 지적하면서 반성문을 쓰라고 명합니다. 또한 당시에 유행하던 중국의 서적들을 더 이상 수입하지 못하도록 조치를 내리죠. 게다가 이옥에게서는 과거를 응시할 기회마저 빼앗았습니다. 글쓰기로 곤욕을 치른 사람들은 이옥과 김려 외에도 많았어요. 김려를 돌본 김조순을 비롯하여 『북학의』를 쓴 박제가도 모두 문체가 불량하다는 지적을 받았습니다.

뭔가 다른 의도가 있었던 것은 아닐까요?

정치적인 의도가 있기는 했죠. 노론 벽파가 남인을 공격한 일이 문체반정 사건의 발단이 되었거든요. 따라서 당시 정조가 궁지에 몰린 남인을 보호하고 노론 벽파를 견제하기 위해 일부러 이 사건을 일으켰다는 주장도 있어요. 문체반정으로 인해 피해를 입은 사람들이 대체로 노론 벽파였으니 이런 주장에도 일리는 있죠.

하지만 아무리 정치적인 의도가 있었다고 해도 사상과 표현을 통제하는 것이 정당화될 수는 없어요. 그 폐해가 심각하니까요. 온 나라 전체가 임금 눈치 보기에 급급하고 자신의 안위를 지키는 데 혈안이 되면, 정치는 크게 후퇴하게 됩니다. 물론 정조의 경우 뛰어난 지도력을 발휘했기 때문에 집권 당시 부작용이 크지 않았지만, 그가 갑작스럽게 죽은 뒤 나라는 급격히 쇠약해지고 말았죠. 신하들이 왕의 눈치를 보는 데 익숙해져서 정치를 발전시키지 못했으니까요.

성군으로 칭송받는 정조가 어째서 이런 태도를 보였을까요?

정조가 독선적인 모습을 갖게 된 데에는 그만한 사정이 있어요. 정조는 뒤주에 갇혀 억울하게 목숨을 잃은 사도세자의 아들이에요. 이유야 어찌 됐든 죄인의 자식이기 때문에 그가 왕위에 오르는 것을 반대한 신하가 많았습니다. 정조 입장에서는 자칫 잘못하면 개혁은 고사하고 허수아비로 전락하거나, 최악의 경우 자리를 빼앗길 수도 있다고 생각했죠. 그런 까닭에 스스로를 스승이라 내세울 만큼 독하게 공부하고, 또 장용영 같은 왕의 친위 부대를 만들어 온전한 권력을 지키기 위해 몸부림쳤던 것입니다. 글쓰기 단속도 이런 큰 맥락에서 이해할 필요가 있어요. 하지만 아쉬운 것은 사실입니다. 그가 이옥이나 김려처럼 다른 입장을 지닌 사람들도 따뜻하게 포용했더라면 더 좋은 군주가 되었을 텐데 말입니다.

위대한 예술 vs. 평범한 삶

두 주인공 김려와 이옥에 대해서 짧게 설명 부탁드립니다.

두 사람의 우정은 참으로 아름다웠어요. 특히 이옥이 김려의 유배지를 쫓아다니며 그가 남긴 글들을 모아 정리해 놓은 것은 큰 감동이었죠. 자기 글을 아끼고 사랑해 주는 벗이 있다는 건 서로에게 큰 축복이었을 것입니다. 그런데 이들은 각자의 삶에 있어서는 조금 다른 태도를 보여 주었어요. 이옥은 정조의 명령에 순응하지 않고 끝까지 소신을 지키느라 온갖 불이익을 당한 반면, 김려는 소신을 버린 대가로 안정된 삶을 살았으니까요. 이옥은 현실에서 쉽게 찾아보기 힘든 캐릭터인 데 반해, 김려는 우리 주변에서 흔히 찾아볼 수 있는 친숙한 인물로 인간미가 느껴지죠.

이옥의 삶이 현실에서 찾아보기 어렵다고 하셨는데 그 까닭은 무엇인가요?

사람은 대체로 자기 이익이나 출세를 추구하게 마련입니다. 신념에 따라 사는 사람이 있긴 하지만, 그 신념을 지키기 위해 온갖 불편과 고통을 감수하는 사람은 드물지요. 일제강점기라든가 독재 시대가 계속되었을 때, 자기 신념을 지키는 이보다 세상에 타협하는 이들이 많았던 것도 그런 까닭일 거예요.

따라서 출세나 이익을 탐하지 않고 소신을 지킨 이옥의 모습은 참으로 존경스럽다고 할 수 있어요. 비록 그의 현실은 고달팠을지 몰라도 그는 양심을 지켰고, 그가 남긴 글들은 오늘날 김려의 것보다 훨씬 높은 평가를 받고 있습니다. 예술가로서의 고결한 성품과 뛰어난 실력이 결국엔 빛을 발한 것이죠. 그의 삶은, 살아생전에 그림을 단 한 편밖에 팔지 못한 천재 화가 고흐와 비슷하다고 할 수 있어요. 자, 이런 사람을 우리가 주변에서 쉽게 찾아보기란, 꽤 어렵겠지요?

이옥이 임금의 명을 어기면서까지 지키려던 신념은 무엇이었을까요?

가장 먼저 예술가로서의 자존심이었죠. 뷔퐁의 말처럼 '문체는 곧 그 사람'입니다. 따라서 자기만의 문체를 버리고 누군가의 명령에 의해 글을 쓴다는 것은 작가로서는 상상도 못할 일이었을 거예요. 예술가에게 특유의 문체나 화법은 절대로 포기할 수 없는 영역이니까요. 다음으로 이옥은 그의 글 속에서 모든 이들을 평등하게 묘사했습니다. 한 사람, 한 사람에게 똑같은 관심을 기울였죠. 그에게 중요하지 않은 대상은 없었습니다. 그는 자신의 철학을 지키기 위해 선비로서의 기득권을 포기했고, 자신의 문체를 유지하기 위해 관직을 택하는 대신 사랑하는 백성들 속으로 들어가 살았어요. 바로 이것이 이옥의 신념이었습니다.

그럼 김려는 신념을 지니지 않았나요? 자신에게 혹시 문제가 생길까 봐 우태를 매질할 때는 실망스럽기까지 했어요.

김려의 입장에서는 어쩔 수 없는 선택이었죠. 우태를 매질한 뒤, 그를 찾아가 위로한 것을 보면 자기만 생각하는 이기적인 사람은 아니었다고 봅니다. 어쩌면 자신의 신념과 현실 사이에서 타협하는 것이 더 어렵고 힘들었을지도 모릅니다. 김려라고 해서 참된 예술에 대한 욕심과 자존심이 없었을까요? 그는 친구 이옥이 자유롭게 창작 활동하는 것을 누구보다 부러워했을 것입니다. 그렇지만 가족을 돌보아야 한다는 가장으로서의 막중한 책임감 때문에 이상만을 좇으며 마음 놓고 글을 쓸 수 없었어요. 그가 김조순에게 부탁해서 현감이 된 것도 본인보다는 가족의 생계와 안위를 위한 거였죠. 이런 점에서 김려는 이옥보다 이타적인 인물이라고 할 수 있어요. 이옥이 오직 자신이 좋아하는 글만 쓰며 살았던 반면, 김려는 가족을 먼저 생각했으니까요. 김려는 꿈과 현실 사이의 괴리로 인해 끝없는 고뇌에 시달렸을 것입니다. 이런 김려를 단순히 의리 없는 현실주의자라고만 매도할 수는 없죠.

좋은 지적입니다. 그러면 이 두 사람의 관계를 어떻게 바라보는 것이 가장 좋을까요? 위대한 예술과 평범한 현실에 대해서도 말씀해 주세요.

이옥과 김려, 두 사람 모두 삶을 치열하게 산 것이 분명해 보입니다. 두 사람을 제대로 이해하기 위해서는 이 책의 결말 부분을 참고하면 좋을 것 같아요. 김려는 이옥의 아들 우태가 가져온 친구의 원고를 외면하지 않았습니다. 그는 이옥의 문집을 간행해 주었죠. 현실과 타협하지 않은 예술을 아이러니하게도 현실에 안주한 김려가 완성해 준 것입니다. 이렇게 보면 현실과 예술은 대립적인 관계가 아니라, 현실이 예술을 뒷받침해 주고 예술이 현실을 빛내는 상호 보완적인 관계가 아닌가 싶습니다. 마치 깊은 우정을 나누며 서로의 글을 응원했던 김려와 이옥처럼 말이죠.

역사보다 더 역사 같은

소설 『멋지기 때문에 놀러왔지』는 18세기를 살았던 김려와 이옥, 정조와 김조순 등 역사 속에 실존하는 인물들이 등장하는 소설입니다. 문체반정과 같은 역사적 사건도 중요한 배경으로 제시되어 있죠. 그런데 소설을 읽으며 당황한 독자들도 분명 있었을 것입니다. 바로 정조를 서술한 부분에서요. 개혁 군주로 알려진 정조가 권력의 힘으로 개인의 양심까지 길들이려 하는 장면을 읽다 보면, 어딘지 모르게 불편함이나 안타까움이 느껴집니다.

일반적으로 정조는 백성을 사랑하고 신분을 떠나 인재를 등용하여 나라를 안정시킨 성군의 이미지를 지니고 있습니다. 이와 동시에 노론 벽파와 같이 정쟁을 일삼는 무리 때문에 정치적인 어려움을 겪다가 심지어는 정적에게 독살당했다고까지 알려져 있죠. 정조의 죽음이 워낙 갑작스러워 당시에도 독살설이 퍼질 정도였습니다. 하지만 이런 내용들은 훗날 역사적 증거들이 발견되면서 사실이 아닌 것으로 밝혀졌죠. 독살의 배후로 의심받던 노론의 대표적인 인물, 심환지조차 정조와 은밀히 편지를 주고받을 만큼 긴밀한 사이였다고 합니다.

그렇다면 대체 무엇이 이런 정조의 이미지를 만들었던 것일까요? 그것은 정조를 소재로 한 소설과 드라마, 영화의 유행 때문이라고 할 수 있습니다. 항간에 떠도는 독살설에 상상력을 덧붙여 흥미 있는 문화 콘텐츠를 제작하자, 사람들이 이를 보고 역사에 대해 새로운 인상을 갖게 된 것이죠. 이런 콘텐츠는 요즘 아주 많이 창작되고 있는데, 정조의 생애만 놓고 봐도 〈이산〉이라는 드라마가 있었고, 『영원한 제국』이 각각 소설과 영화로 선을 보였죠. 영화 〈역린〉과 〈사도〉도 정조가 살았던 시대를 다루고 있습니다. 대중은 드라마, 영화, 소설 등 그의 일대기 혹은 그가 살았던 시대를 그린 작품들을 보면서 정조의 전형(典型)을 상상해 왔던 것입니다. 이처럼 역사적인 소재에 상상력을 발휘하여 역사성과 오락성을 함께 추구하는 문화 장르를 '팩션(faction)'이라고 합니다. '팩트(fact)'와 '픽션(fiction)'을 결합한 합성어죠.

사실 팩션은 갑자기 생겨난 장르가 아니에요. 예를 들면 우리가 국어 시간에 배운 고전소설 『박씨전』은 팩션에 가깝다고 할 수 있어요. 병자호란이라는 역사적인 사건을 배경으로 하고 있지만, 그 내용이 작가의 상상력을 통해 변모되고 있으니까요. 그러니까 청나라 군대가 쳐들어오고 조선의 백성들을 볼모로 잡아갔다는 내용은 역사적인 사실과 일치합니다. 하지만 박씨 부인이 등장하여 청나라 장수 용골대를 공격해서 항복을 받는 등 영웅적인 행동을 펼쳤다는 내용은 허구에 해당하죠.

그렇다면 왜 인류는 역사 왜곡의 위험에도 불구하고 오래전부터 팩션을 창작해 온 것일까요? 이러한 창작 활동에는 과연 문제가 없을까요? 여기에 답하려면 우선 역사의 본질을 생각해 볼 필요가 있습니다. 사실 역사라는 것은 그 자체로 다양한 해석의 가능성을 열어 두고 있습니다. 그러니까 같은 사실도 어떤 관점에서 바라보느냐에 따라 혁명이 될 수도 있고 반란이 될 수도 있죠. 이런 해석에는 정도는 다르지만 당대를 살아가는 사람들의 욕망이 일부 반영되게 마련입니다. 따라서 팩션이란 그 시대를 살아가는 사람들의 욕망을 보여 주는 역사 장르라고도 할 수 있어요. 『박씨전』에서 박씨 부인이 청나라의 장수 용골대를 공격했다는 것은 비록 역사적인 사실은 아니었지만, 이를 통해 당대 사람들이 외적에게 능욕당한 울분을 씻어 내는 데에는 도움이 되었죠. 팩션은 당대 사회의 욕망이 일정하게 반영되어 있는 것입니다.

팩션은 오늘날 더욱 활발하게 창작되고 있습니다. 장 보드리야르는 가상이 끊임없이 현실을 위협한다면서, "현대인은 더 이상 원본도 없고 원본과 복제물(시뮬라크르, simulacre)의 구분도 없는 시대를 살아간다"고 말했습니다. 나아가 질 들뢰즈는 "복제물은 원본과는 전혀 다른 독립성을 가진 창조적인 시뮬라크르"라고 규정했죠.

그는 시뮬라크르가 원본의 복제가 아니라 새로운 자신의 공간을 창조하는 역동성과 자기 정체성을 지닌 존재라고 보았습니다. 이렇게 보면 팩션은 역사라는 원본을 단순히 복제한 것이 아니라, 새로운 자기 정체성을 지닌 창조적인 산물이라고 할 수 있어요. 물론 그것은 어디까지나 역사를 소재로 한 새로운 콘텐츠이지, 역사 그 자체는 아니라는 점을 분명히 알아야 합니다. 역사를 다뤘다고 해서 그것을 실제 역사로 오해해서는 안 된다는 말입니다.

BOOK 7

지금, 여기, 페미니즘이 필요한 이유
『유진과 유진』

　°미국의 정신의학자 레너드 쉔골드는 그의 책『Soul Murder(영혼 살인)』에서 "성폭력을 포함한 아동 학대는 영혼 살인이다."라고 한 적이 있습니다. 실제로 살인을 저지른 것은 아니지만 한 사람의 영혼을 파괴함으로써 살인과 똑같은 피해를 남기기 때문입니다. 오래전에 이런 사건이 있었습니다. 어느 30대 여성이 50대 후반의 남성을 잔인하게 살해한 일이었죠. 현장에서 체포된 여성은 곧바로 재판을 받았는데, 그 자리에서 그녀는 '나는 사람을 죽인 게 아니라 짐승을 죽였다'고 말했습니다.

　사연은 이렇습니다. 20여 년 전 그녀가 아홉 살 때였습니다. 그녀의 가족은 시골에서 이웃의 신세를 지며 가난하게 살고 있었죠. 그런데 그 이웃집 아저씨가 갑자기 아홉 살 그녀를 방 안으로 끌어들여 성폭행을 했습니다. 성폭행을 당한 뒤 그녀의 삶은 엉망이 되었어요. 어른이 되고 결혼을 했지만 마음의 상처는 아물지 않았죠. 병든 마음으로는 제대로 결혼 생활을 할 수 없었고, 파경을 거듭했습니다. 뒤늦게 법에 호소하려 했지만 공소시효는 이미 지나 버린 뒤였죠. 결국 그녀는 스스로 복수를 감행하기에 이릅니다. 스무 해가 넘게 지났는데도 상처받은 영혼은 회복되기 어려웠기에 극단적인 선택을 하게 된 거예요. 아동 성범죄가 어째서 영혼을 살해하는 잔인한 범죄인지 분명히 알 수 있는 사건이었습니다.

이금이 작가의 『유진과 유진』은 아동 성범죄 사건을 다루고 있습니다. 유치원생이 성폭력● 희생자가 된 사건을 소재로 삼고 있죠. 그런데 소설의 초점은 사건이 일어난 당시가 아니라 시간이 흘러 피해자들이 청소년이 된 시점을 그리고 있습니다. 사건이 발생한 지 수년이 흐른 후, 피해자들에게는 어떤 변화가 있었을까요?

새 학기가 시작되는 중학교 2학년의 한 교실. 같은 반에 두 명의 '이유진'이 있었습니다. 한 명은 키가 크고 다른 한 명은 키가 작았죠. 반 아이들은 이름과 성마저 똑같자 둘을 큰유진, 작은유진이라

●   '성폭력'은 성희롱, 성추행, 성폭행 등을 모두 포함하는 개념으로, '성을 매개로 상대방의 의사에 반해 이뤄지는 모든 가해행위'를 뜻한다. 여기서 '성희롱'은 성적으로 수치심을 주는 말이나 행동, '성추행'은 물리적으로 힘을 가해서 강제로 상대의 신체 부위를 만지는 행위, '성폭행'은 강간 또는 강간 미수를 뜻한다.

고 부릅니다. 둘은 키 말고도 다른 점이 많았습니다. 큰유진은 무난한 성격과 집안에 공부에 소질이 없었지만, 작은유진은 성적이 최상위권이고 집안도 아주 부유했죠.

이름과 성이 같은 것도 희한한 일인데, 큰유진은 작은유진이 낯설지가 않았습니다. 귀티 나는 얼굴이 천천히 떠올랐습니다. 놀랍게도 둘은 같은 유치원 출신이었어요. 이름은 물론 성도 같은 데다, 결정적으로 두 사람 모두 원장에게 성폭력을 당했던 터라 큰유진은 작은유진을 잊을 수가 없었죠. 그런데 이상하게도 작은유진은 자신을 알은체하는 큰유진을 외면했습니다. 큰유진이 작은유진에게 유치원에서 있었던 일까지 어렵게 말해 보았지만 작은유진은 큰유진을 전혀 기억하지 못했죠.

큰유진과 달리 작은유진은 친구들과 친하게 지내기보다 공부에 집중했습니다. 그것이 부모님께 인정받는 유일한 길이라고 생각했기 때문이에요. 누구나 그렇듯 부모에게 인정받는 것만큼 자존감을 높이는 일은 없죠. 마침내 작은유진은 전교 1등을 합니다. 하지만 가족의 반응은 영 신통치 않았어요. 유진은 동생들은 안아 주고 예뻐하면서 정작 자신에게는 거리를 두는 부모님을 도저히 이해할 수 없었습니다.

얼마 후 두 유진은 제주도로 수학여행을 가게 됩니다. 작은유진은 여행이 전혀 즐겁지 않았어요. 같은 방 친구들이 억지로 술을 먹이고 담배까지 피우게 했거든요. 하지만 작은유진은 이 일을 아무에게도 말하지 않았습니다. 오히려 사실이 알려질까 봐 조마조마했죠. 부모님이 자기를 더 싫어하게 될까 두려웠던 것입니다.

집으로 돌아오는 날, 작은유진은 공항에 마중 나온 엄마에게서 수상한 낌새를 눈치챕니다. 엄마는 어떤 중년 여자와 이야기하다가 자기를 발견하고는 언제 그랬냐는 듯 시치미를 뚝 뗐어요. 나중에 알고 보니 그 여자는 큰유진의 엄마였습니다. 두 엄마는 어떻게 서로를 알고 있을까요? 작은유진은 그제야 큰유진이 말해 준 유치원 아동 성폭력 사건을 떠올립니다. 그리고 혼란스러운 마음에 큰유진을 찾아가 유치원 성폭력 사건의 전말을 듣게 되죠.

분명 같은 일을 겪었는데 어째서 큰유진은 모든 것을 기억하고 작은유진은 아무것도 기억하지 못하는 것일까요? 원인은 부모의 태도에 있었어요. 큰유진의 부모는 딸이 성폭력을 당하자 네 잘못이 아니라며 더없는 사랑으로 감싸 주었습니다. 반면에 작은유진의 부모는 따뜻하게 보듬어 주는 대신 피해 사실을 감추기에 바빴죠.

사실 작은유진의 부모는 집안의 반대를 무릅쓰고 결혼해서 매우 궁핍하게 살아가고 있었습니다. 그런데 사건이 일어나자 작은유진의 부모는 환경을 탓하며 재력가인 유진 할아버지의 말을 따르기로 결정했죠. 할아버지가 성폭력 사건을 조용히 처리하는 조건으로 유진네를 본가로 불러들인 것입니다. 그래서 작은유진의 부모는 어린 딸이 하루빨리 기억을 지웠으면 하는 마음에, 상처 입은 딸을 진심으로 위로해 주기보다 마치 사건이 일어나지 않았던 것처럼 과거의 혼적을 없애는 데 몰두했습니다. 그로 인해 작은유진은 충격적이었던 그 일을 차츰 기억에서 잊어버리게 됩니다.

큰유진을 통해 어릴 적 자신이 겪은 사건을 알게 된 작은유진은 말할 수 없는 서글픔을 느낍니다. 유치원 원장의 악행과 자신의 기억을 지우려고 했던 엄마의 행동들이 조금씩 떠올랐죠. 그리고 큰유진이 자신과는 다르게 가정에서 위로와 배려를 듬뿍 받으며 살아왔다는 사실에 부모에 대한 원망도 솟구쳤습니다. 작은유진의 마음은 요동쳤어요. 억지로 담배를 피우고, 학원에 가는 대신 춤을 배우며 방황했습니다. 그러다 결국 동네 사람들에게 발각되어 집에 갇히는 신세가 되고 맙니다.

그즈음 큰유진도 마음에 큰 상처를 받는 일이 생깁니다. 성폭력을 당한 아이는 어딘가 문제가 있을 거라는 남자 친구 엄마의 반대로, 남자 친구와 헤어지게 된 것입니다. 큰유진에게도 잊은 줄 알았던 과거의 상처가 다시 되살아납니다. 잊고 지냈던 일들이 사실은 전혀 잊히지 않았던 것입니다.

집에 갇혔던 작은유진은 큰유진에게 도움을 청합니다. 그러자 큰유진은 친구 소라를 데려와 작은유진을 집에서 빼내어 다 같이 바다를 보러 정동진으로 떠나죠. 그러나 이들의 대담한 여행은 그리 오래가지 못합니다. 가진 돈을 모두 잃어버리게 되거든요. 곧바로 두 유진의 가족이 찾아오지만, 반응은 너무도 달랐습니다. 큰유진의 부모는 딸이 상처를 훌훌 털기를 바란다며 뜨겁게 끌어안은 반면, 작은유진의 엄마는 아무런 내색도 하지 않았죠. 모두 떠나고 두 사람만 남았을 때, 원망하는 작은유진에게 엄마는 이렇게 말합니다.

"처음에 그 사실을 알았을 때, 나는 그놈을 죽이고 싶었어. 네 아빠도 그놈을 죽이러 가겠다고 펄펄 뛰었어."

나는 눈을 감고, 엄마의 눈물에 섞여 마음속으로 흘러든 그 말이 손길이 되어 여기저기 패이고 긁히고 멍이 든 상처를 어루만져 주는 것을 느꼈다.

그랬구나. 우리 엄마랑 아빠도 그랬구나. 그 일이 내 잘못이 아니라 그놈 잘못이라고 생각하고 있었구나. 그래서 그놈이 죽이고 싶을 만큼 미웠구나. 내게 진작 알려 주었다면 여기까지 오지 않았을 텐데. 안타까움으로 가슴이 저려 왔다.

"용서해 줘, 유진아. 엄마가 널 끝까지 지켜 주었어야 했는데. 그래. 널 위해서 그 일에서 빠지고, 그 일을 잊어버리는 게 좋다고 생각했던 건 거짓말이야. 날 위해서였어. 내 딸한테 그런 일이 일어났다는 걸 인정하고 싶지 않았어. 그래서 내가 널 윽박질러서, 네 기억을 빼앗았어."

— 이금이, 『유진과 유진』(푸른책들)에서

작은유진의 엄마는 그 당시 유진이가 상처를 잊는 것이 최선이라고 생각했을 것입니다. 어리니까 기억을 쉽게 잊을 거라 여긴 것이죠. 그러나 우리가 앞서 봤던 한 여성의 이야기처럼 아동 성폭력 피해자는 자기가 당했던 일을 절대 잊을 수가 없습니다. 오히려 자기 때문에 그런 일이 생겨난 것은 아닌지 자책에 시달리기까지 합니다. 성폭력 피해의 경험 때문에 이성에 대한 자연스러운 호기심마저 고통스럽게 받아들이고, 때로는 수치를 느끼기도 하고요.

상처를 입은 존재에게 최선은 무엇일까요? 그것은 치료가 온전하지 않더라도 사랑으로 보살피는 일입니다. 그래서 생채기가 조금이라도 덜 아프게 해야 합니다. 큰유진이 성폭력의 아픔을 지니고 있으면서도 평상시에 밝고 건강하게 살아갈 수 있었던 것은 자신을 지지하는 가족이 곁에 있었기 때문입니다.

상처를 어떻게 치유할 수 있을까

『유진과 유진』은 아동 성폭력 사건을 소재로 하고 있는데요.
서술상의 특징이 있다면 뭘까요?

이 소설은 성폭력 사건 그 자체보다는 피해자에게 남은 상처를
어떻게 치유해야 하는지를 고민하게 만드는 작품입니다. 아동 성범
죄는 절대로 일어나서는 안 되는 일이지만, 이미 일어났다면 피해
자가 회복하도록 돕는 데 최선을 다해야 하죠.

몸의 상처는 시간이 지나면 어느 정도 아물 수 있지만 마음의 상
처는 잘 치유되지 않습니다. 마음의 상처는 피해자가 가해자를 용
서할 수 있어야 가능한 일인데, 그게 쉽지 않아요. 왜냐하면 가해자
들이 진심으로 용서를 구하는 경우는 거의 없거든요. 오히려 가해
자들이 피해자를 협박하고 모욕하는 일이 더 많습니다. 피해자들은
정서적으로 불안하고 공포에 사로잡혀 있는 경우가 대부분이에요.

그러므로 가해자를 처벌하는 것과는 별도로 피해자가 안정을 되찾을 수 있도록 정서적으로 지지해 주는 일이 반드시 필요합니다.

소설에서 작은유진의 부모님이 유진에게 했던 조치에 대해서는 어떻게 생각하시나요?

작은유진의 부모를 어느 정도 이해할 수는 있어요. 작은유진의 엄마는 아마도 자기 딸이 할아버지 댁에 들어가 살면서 남들보다 풍족한 환경을 누리게 되면 성폭력의 상처를 금세 치유할 수 있을 거라고 믿었을 것입니다. 실제로 유진은 옛일에 대한 기억을 잊고 모범생으로 잘 자라기도 했죠. 그 덕에 유진이 나쁜 기억을 일시적으로 털어 낸 측면도 있어요.

그러나 이는 어디까지나 겉으로 드러난 모습일 뿐, 유진은 이미 속으로 병들어 있었습니다. 무엇보다도 대인 관계에서 어려움을 겪고 있었어요. 큰유진은 다른 학생들과 두루두루 어울려 지냈지만, 작은유진은 친구들과 전혀 어울리지 못하고 있었죠. 사람에 대한 불안과 공포가 내면 깊숙이 존재하고 있었기 때문입니다. 부모로부터 정서적인 지지를 받지 못한 아동은 대체로 대인 관계를 힘들어하는데, 작은유진은 성폭력까지 당했으니 불안과 공포가 더 심했을 것입니다.

겉으로는 멀쩡해 보이지만 마음이 병들었다는 뜻인가요?
그렇다면 성폭력을 당했던 경험이 여전히 잊히지 않고
존재한다고 봐야 할까요?

그렇다고 할 수 있죠. 사람에게는 누구나 자기의 정신을 지키는
일종의 보호막이 있습니다. 그런 까닭에 어지간히 슬프고 고통스러
운 체험을 하더라도 자기를 온전히 지킬 수 있죠. 그런데 문제는 감
당할 수 없는 충격과 공포가 찾아올 때는 보호막 자체가 찢긴다는
것입니다. 바로 '트라우마(trauma)'가 생기는 것이죠.

본래 트라우마는 외과 용어로 외상, 그러니까 피부가 찢어진 틈
을 가리키는 말입니다. 따라서 심리학이나 정신의학에서 트라우마
는 '정신의 찢긴 틈'이라는 의미로 쓰이죠. 찢어진 피부는 시간이
흐르면 아물지만, 정신의 찢어진 틈은 제대로 아물지 않습니다. 당
장은 충격에서 벗어난 듯 보여도 훗날 사고 때와 비슷한 상황이 펼
쳐지면 당시의 감정이 되살아나면서 심리적으로 불안 증세가 나타
나죠.

작은유진은 물론이고, 밝고 쾌활한 성격을 지닌 큰유진도 영화
관에서 자기가 좋아하는 남자 친구가 옆자리에 바짝 다가와 앉자
옛 기억이 떠올라 바로 밀쳐 냈어요. 성폭력이 남긴 심리적 상처는
그만큼 아물기 힘듭니다.

성폭력은 정말 끔찍한 범죄군요. 이 밖에 피해자들은 또 어떤 어려움을 겪게 될까요?

우선 성폭력 피해자에게 잘못이 있는 것처럼 여기게 만드는 사회적 편견을 들 수 있어요. 가장 대표적인 사례가 작은유진의 할아버지와, 큰유진의 남자 친구 엄마였죠. 일단 할아버지는 성폭력 당한 일을 불미스러운 일이라 간주하고 그 사건이 마치 일어나지 않은 것처럼 대하도록 했습니다. 심지어 할아버지는 성폭력 피해자인 손녀를 '깨진 그릇'이라 표현하기도 했죠. 이러한 태도는 피해자의 수치심을 자극하고 마치 자신이 잘못이라도 저지른 것처럼 여기게 만듭니다. 실제로 아동 성폭력 피해자들은 사건의 원인을 자신의 잘못으로 돌리고 자책하는 경향이 있습니다. 수치심에 사로잡혀 자아를 존중하지 못하는 경우도 많고요. 또 어른들이 알게 될까 두려워 진실을 숨기는 경우도 있습니다.

정말 안타까운 일입니다. 성폭력은 가해자의 처벌도 중요하지만 피해자에 대한 사회적 인식을 개선하는 것도 시급해 보이네요.

네, 맞습니다. 소설에서 이런 경우도 있었죠. 큰유진의 남자 친구인 건우의 어머니가 큰유진과 아들의 교제를 반대하는데, 그 이유가 '그런 경험이 있는 아이는 문제가 있다'는 것이었어요. 한마디로 사회에서 피해자를 따돌리는 일이 생긴 거죠. 2차적인 피해가 일어난 것입니다. 성폭력 피해자에 대한 우리 사회의 부정적 인식이야말로 정말 잔인한 폭력이 아닐까 합니다. 성폭력 피해자를 돕기 위해서는 그 일이 자기 탓이 아니라는 점을 분명하게 일러 줘야 합니다. 그리고 주변의 따뜻한 사랑과 배려, 정서적 지지가 필요해요. 무참히 짓밟힌 영혼에게 가장 절실한 건 위로와 지지입니다. 그런 점에서 보면 큰유진의 부모는 매우 현명하게 대처했죠. 큰유진은 비록 과거의 기억을 잊지 못했지만, 이를 자신의 잘못으로 여기거나 부끄러워하지 않고 당당히 맞설 힘을 얻게 됐으니까요.

왜곡된 성 의식으로부터의 탈주

성폭력이 영혼을 파괴하는 중대한 범죄임에도 불구하고 어째서 줄어들지 않는 것일까요? 최근에는 범죄를 저지르는 연령대도 점점 낮아지고 있는 것 같은데요.

여러 가지 이유가 있겠지만 직접적으로는 우리 사회가 성범죄에 대해 다소 관대하기 때문입니다. 그리고 사회적 약자인 아동과 청소년, 장애인 들을 강력히 보호할 안전장치도 여전히 미비하고요. 사회적 약자들의 경우, 성폭력을 당해도 대처에 미숙하고 능동적이지 못한 경우가 많아 일부 파렴치범들은 그 점을 노리고 접근하기도 합니다. 아동 성범죄의 경우 언론에 알려지지 않거나 신고도 안 된 채 묻혀 버린 사건이 꽤 많을 것입니다. 작은유진의 부모처럼 남들에게 알려지는 것이 두려워 피해자 측이 가해자와 쉽게 합의하는 경우가 많거든요. 피해자를 보호하고, 법을 엄격하게 만들어 집행할 필요가 있습니다.

그간 성범죄에 대한 처벌이 느슨했다는 말씀인가요?

사실 얼마 전까지 성범죄는 친고죄에 해당했습니다. 친고죄란 피해자가 스스로 고소를 해야만 공소를 제기할 수 있는 범죄를 말하죠. 이 경우 재판 전에 가해자가 피해자와 합의를 하게 되면 범죄 사실이 무효가 되고 맙니다. 그러니까 가해자의 입장에서는 경찰에 신고를 당했더라도 돈으로 죄를 덮을 기회가 남았던 셈이죠. 심지어 일부 경찰들은 가해자와 합의하는 것이 서로 좋은 일이라며 성범죄를 가볍게 다루려는 경향도 있었어요. 불행 중 다행인 것은 2013년부터 성범죄에 대한 친고죄 규정이 사라져 가해자는 합의 여부에 관계없이 법의 심판을 받게 됐습니다.

통계에 따르면 성범죄 재범률은 다른 범죄에 비해 무척 높다고 합니다. 성폭력이 육체는 물론 영혼까지 파괴하는 중대 범죄인데도 처벌이 가볍기 때문에 이렇게 된 게 아닐까 싶어요. 자신의 탐욕을 채우고자 타인의 존엄을 짓밟는 이들에게 자비란 있어서는 안 됩니다. 더군다나 그 피해의 대상이 아동이나 청소년이라면 더욱 엄중한 처벌이 가해져야 하죠. 다시는 제2의 유진이 나오지 않기 위해서라도 아동·청소년 성범죄자에 관한 처벌 수위를 더욱 강화해야 한다고 봅니다.

성범죄 수사 과정에 문제는 없을까요?

성범죄는 일반적인 폭력 사건과는 그 성격이 다릅니다. 사기를 당하거나 신체적인 폭행을 당한 피해자들도 정신적인 피해를 입습니다. 피해를 입었다는 사실로 괴로워하거나 분노에 사로잡히기도 하죠. 하지만 이들은 적어도 수치심을 갖거나 자책하지는 않습니다. 그런데 성범죄 피해자들은 그 사건이 떠오를 때마다 수치심과 고통을 느낍니다. 그리고 아동 성폭력 피해자의 경우 진술의 일관성마저 확보하기가 어렵죠. 따라서 성범죄를 수사할 때는 세심한 배려와 주의가 필요해요. 피해자들의 관점에서 사건을 조사해야 하죠.

사실 얼마 전까지만 해도 성범죄 수사에서는 피해자에 대한 배려가 무척 부족했어요. 여성 피해자들이 끔찍한 사건의 정황을 남자 경찰관들 앞에서 진술해야 하는 등 수치스러운 경험을 반복해야 했거든요. 성범죄 전담 경찰관이 생긴 지도 얼마 안 됐으니 그동안 피해자 보호가 얼마나 허술했는지 알 수 있죠.

성범죄에 대한 처벌을 강화하고 피해자를 보호하는 적극적인 노력을 해야 하겠네요. 마지막으로 성범죄 사건을 줄이기 위해 우리 사회는 어떤 노력을 기울여야 할까요?

무엇보다도 왜곡된 성 의식을 바로잡는 노력을 해야 해요. 사실 남성 위주의 사회적 분위기가 성범죄를 부추기는 한편, 범죄에 대한 인식을 무디게 만드는 측면이 있어요. 예를 들어 '여자들의 치마가 짧아서, 화장이 진해서 성범죄 발생률이 증가한다'는 생각이 대표적이에요. 평소 행실이 나빠서 그랬다는 둥, 여자가 스스로 조심하지 않아서 그런 일을 당했다는 둥, 성폭력의 원인을 피해자 탓으로 돌리는 억지 주장에 아직도 동조하는 사람들이 존재하거든요. 그만큼 우리 사회가 남성과 여성을 동등한 인격체로 보지 않는 것이죠. 결국 왜곡된 성 의식이 근본 문제라는 생각이 듭니다.

마지막으로 『선녀와 나무꾼』 같은 말도 안 되는 동화, 폭력을 미화하는 드라마나 영화 등 우리가 일상에서 접하는 이야기에 대해서도 경각심을 갖는 게 필요합니다. 『선녀와 나무꾼』을 보세요. 사슴이 자기 목숨을 살려 준 은혜를 갚는다며 여성을 마치 수단으로 삼고 있지 않습니까? 남의 옷을 훔쳐서 곤란에 빠뜨리는 이야기를 마치 아름다운 동화처럼 읽는다면 범죄를 잘못 인식하게 될 것입니다. 또한 여성을 도구나 수단으로 삼는 이야기를 계속 접하다 보면 여성을 동등한 인격체로서 존중할 수가 없게 되겠죠.

페미니즘은 여전히 필요한가?

『유진과 유진』은 아동 성폭력 사건에 대해서 우리 사회에 반성할 거리를 제공해 줍니다. 폭력이란 강자가 약자에게 물리적·정신적으로 위해를 가하는 행동을 말해요. 따라서 폭력은 강자와 약자라는 잠재적인 의식이 밑바탕에 놓여 있죠. '너는 나보다 한참 어리고, 미숙하고, 더군다나 여자이니 당연히 나보다 약자다. 그러니 짓밟아도 저항할 수 없겠지.'라는 생각이 이어지는 것입니다. 이는 성폭력 피해자가 집단에서 비교적 어리거나, 지위가 낮은 여성들인 것만 보아도 쉽게 확인할 수 있습니다. 여성은 동등한 인격이 아니라 나보다 약하거나 부족한 사람이라는 생각, 이것이 성폭력으로 이어지는 것이죠. 따라서 우리 사회가 성적 평등을 이루어 낸다면 현재보다는 성범죄가 줄어들 것입니다. 그런 점에서 여성주의, 즉 페미니즘에 대한 논의는 여전히 우리 사회에서 필요한 일입니다.

그런데 안타깝게도 현실에서 성범죄는 오히려 더 늘어나는 추세입니다. 이는 여전히 여성을 남성과 동등한 존재가 아니라 저항할 수 없는 약자로 여기기 때문에 일어난 일이죠. 최근에는 여성에 대한 혐오 범죄도 급증하고 있는데, 몇 해 전 발생한 강남역 살인 사건이 대표적인 사례에 해당합니다. 이는 한 남성이 화장실에서 처음 보는 여성을 흉기로 무참히 살해한 사건으로, 범인의 살해 동기는 단 하나, 상대가 여성이란 것이었습니다. 범인은 그동안 여성들이 자신을 무시해서 복수한 것이라고 진술했지만, 사건의 본질은 자기보다 약한 자를 희생양 삼아 사회에 대한 불만을 해소한 것이라고 보아야겠죠.

경제가 나빠지면서 직장을 구하기 어렵고 먹고사는 일도 힘겨워지자, 우리 사회에서는 마음속에 스트레스와 분노를 지닌 사람들이 늘어 가고 있습니다. 그런데 그들 중 일부는 그 원인을 사회의 구조적인 문제에서 찾기보다 겉으로 보이는 데에서 찾으려 하죠. 그중 하나가 '여성'이 아닐까 합니다. 과거 여성들은 사회 활동을 하지 않고 가정에 매여 있는 경우가 많았어요. 그런데 최근에는 대부분의 여성들이 자아실현을 위해 적극적으로 사회에 진출하고 있죠. 그러다 보니 그나마 줄어든 일자리마저 여성과 경쟁해야 하는 처지에 놓이게 되었다며 불만을 품는 남성이 생겼습니다. 게다가 자기보다 못하다고 생각했던 여성들이 각계각층에서 활약하고 그 비율이 점차 늘어 가자 경계심을 갖게 되었죠. 그리고 자신들이 경쟁에서 실패한 책임을 여성들 때문이라고, 여성을 지나치게 배려한 탓이라고 여기게 되었어요. 이러한 감정이 심화되어 혐오로 이어진 것으로 보입니다. 여성이 존재한다는 자체만으로 스트레스를 받고 불쾌감을 느끼는 것이죠.

우리 사회가 경쟁이 과도하고 어려운 것은 사실이지만 이는 여성의 책임이 아니에요. 그런데도 자신이 피해를 입은 까닭을 당장 눈앞에서, 주변에서 찾으려고만 하니 여성이라는 존재가 눈엣가시처럼 여겨지는 것이죠. 그런 사람들은 여전히 여성들을 자기보다 못한 존재라고 여기기 때문에 얼마든지 폭행하고 혐오해도 된다고 생각합니다. 데이트 폭력이 급증하고, 권력의 위계를 이용한 성추행, 성폭행이 일어나는 것도 이런 까닭이라고 할 수 있어요.

안타까운 것은 성폭력을 경험한 이들은 자신의 피해를 구제받는 일조차 힘겹다는 사실이에요. 특히 권력형 성폭력 사건을 겪은 여성들은 혹시나 2차 피해를 당할까 두려워 사실을 숨기는 경우도 적지 않습니다. 권력을 지닌 상대가 피해자에게 직장에서, 학교에서 불이익을 줄 수 있기 때문이죠.

최근에 일어난 미투 운동(Me Too movement)은 피해자들이 그동안 겪었던 성폭력 범죄를 세상에 알린 용감한 행동이었습니다. 이 운동은 2017년 10월, 미국 할리우드의 유명 영화 제작자 하비 와인스타인의 성추문 사건이 발단이 되어 일어났어요. 그 당시 영화배우 알리사 밀라노가 SNS를 통해 같은 경험이 있는 사람은 '미투(Me Too, 나도 피해자)'라고 써 달라고 제안하면서 전 세계적으로 확산되었죠. 이처럼 여성이 용감하게 피해 사실을 알리게 된 데에는 상당 시간 동안 여성의 권리를 옹호하고 남성 지배 질서를 비판해 온 페미니즘의 덕이 적지 않습니다. 페미니즘(feminism)이란 여성을 뜻하는 'female'과 사상이나 주의를 뜻하는 '-ism'이 결합된 단어로, 우리말로 번역하자면 '여성주의'라고 할 수 있습니다.

그렇다면 페미니즘 운동은 언제부터 시작되었을까요? 본격적인 페미니즘 운동은 19세기 말 유럽에서 시작됐습니다. 당시 유럽, 특히 영국에서는 민주주의가 자리를 잡으면서 시민들이 직접 투표에 참여하는 등 정치적인 권리를 행사하기 시작했죠. 그럼에도 불구하고 여성만은 여전히 예외였고 스스로 자신의 삶을 결정할 권리를 얻지 못했습니다. 여성의 역할과 존재 의미는 집 안에서 아이를 키우고 가사를 돌보며 가정의 안녕을 도모하는 데에만 있는 것처럼 인식되었죠. 시민으로서 누려야 할 권리를 여성은 얻지 못했던 것입니다. 이에 의식 있는 여성들이 반발하기 시작했고, 메리 울스턴크래프트의 『여성의 권리 옹호』(1792년)를 교과서로 삼아 여성의 참정권, 재산권 등 각종 권리에 대해 목소리를 높였습니다. 그러자 『자유론』을 쓴 존 스튜어트 밀과 『가족, 사유재산 및 국가의 기원』을 쓴 프리드리히 엥겔스와 같은 남성들도 여성의 권리 옹호에 힘을 실어 주었죠.

1960년대 페미니즘은 정치적인 권리만이 아니라 여성이 사회적·경제적으로 차별받는 것에 대해서도 저항하기 시작했습니다.

'여성은 태어나는 것이 아니라 형성되어 간다'는 시몬 드 보부아르의 말에는 여성이 본래부터 약자나 수동적인 존재로 태어나는 것이 아니라 가부장제 속에서 차별과 배제의 구조 때문에 부당하게 길들여진다는 의미가 담겨 있어요. 이처럼 사회적으로 만들어지는 성 정체성을 '젠더 정체성'이라 부르기도 합니다.

우리나라는 아주 오랜 세월 유교의 영향을 받았기 때문에 여성성에 대한 인식이 굉장히 획일적인 편입니다. 현모양처에 지고지순한 모습이 전형적인 여성상으로 굳어져 왔죠. 그러다 보니 오랜 세월 한국 여성들은 가부장제의 차별과 배제의 구도에 순응하는 삶을 살아왔습니다. 오늘날까지도 이러한 유교 문화의 잔재가 남아 있어 때로는 성차별의 불씨가 되곤 합니다.

페미니즘은 여성 우월주의 같은 '성차별 사상'이 아니라, 양성이 평등한 사회를 만들기 위해서는 꼭 가져야 하는 '상식'입니다. 이것이 실현되어야만 여성을 둘러싼 그릇된 인식이 개선될 수 있어요. 그런데 아직 우리 사회를 보면 남성의 사회 활동이 더욱 자유롭고, 평균 임금 수준도 여성보다 남성이 더 높습니다. 고위직으로 가면 차별이 더욱 심해져 여성을 찾아보는 것은 매우 어렵죠. 양성평등이라는 상식이 제대로 갖춰지는 날, 비로소 상대방의 성을 욕구 충족의 수단으로 여기는 성폭력도 자취를 감출 것입니다.

BOOK 8

차이를 인정하는 힘, 문화적 다양성
『내 영혼이 따뜻했던 날들』

°편견이나 권위, 필요와 같은 모든 사회제도는 우리들의 본성을 억제하여 그 무엇 하나 제대로 살릴 수 없게 만들어 버린다. 그 본성은 길에 난 묘목처럼 사람에게 짓밟히고 꺾이어 이내 시들어 버린다.

— 루소, 『에밀』에서

18세기 사상가이자 교육철학자였던 루소는 어린 시절을 매우 불우하게 보냈습니다. 어머니는 그가 태어난 지 9일 만에 세상을 떠났고, 아버지도 열 살이 되던 해에 루소를 두고 집을 나가 버렸죠.

오갈 데 없던 루소는 어릴 때부터 기술을 익혀야 했습니다. 하지만 그는 기술을 익히기보다 책 읽기를 즐겨 했고 한곳에 머물지 못한 채 방랑을 거듭했습니다.

그러던 그가 크게 사회적 성공을 거두는 일이 일어났습니다. 루소가 프랑스 디종 아카데미의 논문 현상 공모전에 당당히 입상한 거예요. 당시 논문 주제는 '예술과 학문의 발전이 도덕의 향상에 기여하는가?'라는 것이었는데, 루소는 예술과 학문이 도덕을 향상시켰다는 뻔한 논리 대신 오히려 인간을 사치와 무절제로 몰아넣었다는 돌발적인 주장을 펼쳤죠. 그는 인간의 인위적인 학문과 예술이 인류를 더 큰 사치와 방탕으로 몰고 갔기에 인류가 불평등과 불행에 빠졌다고 보았던 것입니다. 이러한 그의 생각은 10여 년 후, 그의 교육철학을 담은 『에밀』에도 반복되어 나타납니다. 앞서 살펴본 인용문은 이런 그의 생각을 집약해 놓은 것이랍니다. 자, 모든 사회제도가 우리의 본성을 억누른다는 루소의 지적에 동의하시나요? 아마도 우리가 읽게 될 『내 영혼이 따뜻했던 날들』의 저자 포리스터 카터는 분명 루소의 의견에 동의했을 것입니다. 루소와 마찬가지로 어린 시절을 불우하게 보낸 그도 사회제도나 기존 교육에 비판적인 시각을 갖고 있었거든요.

작가 포리스터 카터는 1925년 미국 앨라배마주에서 태어났습니다. 그의 할아버지는 체로키 인디언이었죠. 포리스터 카터에게는 인디언의 피가 흘렀고, 어린 시절 그는 삶의 지혜와 교훈들을 체로키 인디언의 전통 속에서 배워 나갔습니다. 그리고 그 기억들을 되살려 자전적인 소설『내 영혼이 따뜻했던 날들』을 발표했습니다. 1976년 출간된 이 소설은 어린 인디언, '작은 나무'가 할아버지, 할머니와 함께 자연의 섭리를 배우며 살아가는 내용으로 되어 있습니다. 그리고 이들 인디언 가족을 바라보는 백인들의 편견과 위선도 함께 그려져 있죠. 근대적인 학문과 종교로 무장하고, 합리적인 제도를 갖춘 백인들이 인디언의 본성을 억압하는 내용이 소설 속에 담겨 있습니다. 아마『에밀』의 작가 루소가 이 소설을 읽었다면 인간의 본성을 억압하는 백인들에게 분노를 금치 못했겠죠. 그는 누구보다도 인간의 자연적인 본성을 지켜 나가야 한다고 믿었던 사상가이니까요.

『내 영혼이 따뜻했던 날들』에 등장하는 체로키 인디언들은 자연과 하나 된 삶을 살았습니다. 백인들은 자신의 이익을 위해 자연을 훼손하고 정복하고 지배하려 했지만 체로키 인디언은 자연과 공존하는 지혜를 추구했죠. 그들은 탐욕을 부리지도 않았고, 공격적이지도 않았습니다. 그러다 보니 공격적인 백인들 문화에 속절없이 당하고 말았어요.

본래 소설 속에 등장하는 체로키족은 미국 동부 애팔래치아산맥 남쪽 끝에 살면서 농경과 수렵 생활을 했던 수렵 인디언이었습니다. 그러다가 영국이 아메리카를 식민지로 만드는 과정에서 백인들의 문화를 받아들여 평화롭게 살아가고 있었죠. 다른 인디언 부족처럼 백인들에게 저항하기보다 평화로운 공존을 택했던 것입니다. 그러나 미국 정부는 면화 재배를 이유로 이들을 1838~1839년 사이에 오클라호마주로 강제 이주시켰습니다.

당시 체로키 인디언들은 자기 땅에서 쫓겨나 무려 1,900여 킬로미터를 걸어서 이동했다고 합니다. 그들은 이런 강제 이주를 '눈물의 여로'라고 불러요. 그 까닭은 1만 3,000여 명의 체로키 인디언 가운데 4,000명이 넘는 이들이 강제 이주 과정에서 저체온증과 영양실조 등으로 죽음에 이르렀기 때문입니다. 이후 체로키 인디언들은 인디언 보호구역 내에서 보조금과 기념품 장사로 생활을 이어 나갈 수밖에 없었습니다. 물론 강제 이주를 당하지 않고 산속으로 숨거나 달아난 사람들도 있었죠. 작품 속에 등장하는 인디언 가족이 바로 그들입니다.

책 속의 주인공 '작은 나무'는 다섯 살밖에 안 된 어린아이로, 아빠, 엄마를 차례로 잃고 할머니, 할아버지와 함께 테네시주의 한 시골 통나무집에서 살고 있었습니다. 키가 2미터나 되는 할아버지는 겉으로는 무뚝뚝하고 정치에 대해 무척 냉소적인 사람이었죠. 그러나 나무와 새를 비롯해 살아 있는 모든 자연을 존중하는 아주 따뜻한 마음씨를 지니고 있었습니다. 그는 숲속 너구리의 꾀를 읽을 줄 알았고, 메추라기 무리 속을 걸어 다녔으며, 사슴을 가까이 오게 만들었어요. 자연의 이치를 몸으로 터득한 그는 체로키 인디언의 전통을 손자인 '작은 나무'에게 가르쳤답니다. 여우 몰이에 나서고, 인디언 제비꽃을 따고, 물고기를 잡다가 방울뱀을 만나는 과정을 통해, '작은 나무'가 자연스럽게 나무들과 대화하고 새들과 인사를 주고받는 인디언으로 성장하게 도왔죠. 책과 지식으로 전달한 것이 아니라 실제 체험을 통해 스스로 느끼도록 했던 거예요. 마치 저 멀리 유럽에서 200여 년 전 활동했던 루소의 가르침을 받은 것처럼 말입니다.

할아버지가 '작은 나무'에게 했던 가르침은 예를 들면 이런 것들입니다. '인디언은 자연에서 필요한 것 이상을 취하지 않는다.', '자연 하나하나에는 영혼이 깃들어 있다.', '천둥이 치고, 태풍이 오고, 모진 겨울이 오는 것마저도 자연이 살아 있는 증거다. 그 과정을 겪어야 나약한 것들이 사라지고 찌꺼기들이 깨끗하게 정리되어 정갈하고 튼튼한 자연이 다시 일어선다. 백인들은 이런 사실을 모르며, 언제나 필요 이상을 원하기 때문에 다툼이나 전쟁이 끊이질 않는다. 탐욕에 눈이 먼 그들은 체로키 인디언들을 강제 이주시켰고 그 과정에서 수많은 체로키들을 죽음에 이르게 했다.' 등등, 할아버지는 '작은 나무'를 산으로 데리고 다니며 체로키 인디언의 역사와 철학을 자연스럽게 알려 주었습니다.

한편 '작은 나무'에게 할머니는 또 다른 선생님이었습니다. 꽃으로 차를 끓이고 도토리 가루로 튀김과자를 만드는 할머니는 체로키 인디언의 전통을 가르쳐 주는 건 물론이고 도서관에서 빌려온 셰익스피어 책들과 『로마제국 쇠망사』, 셸리와 바이런의 시 등도 읽어 주었죠. 할머니는 인간의 마음에 대해서도 '작은 나무'에게 잊을 수 없는 깨달음을 주었습니다. 할머니는 '작은 나무'에게 이렇게 속삭였습니다.

만일 몸을 꾸려 가는 마음이 욕심을 부리고 교활한 생각을 하거나 다른 사람을 해칠 일만 생각하고 다른 사람을 이용해서 이익 볼 생각만 하고 있으면… 영혼의 마음은 점점 좁아들어서 밤톨보다 더 작아지게 된다.

몸이 죽으면 몸을 꾸려 가는 마음도 함께 죽는다. 하지만 다른 모든 것이 다 없어져도 영혼의 마음만은 그대로 남아 있다. 그래서 평생 욕심 부리면서 살아온 사람은 죽고 나면 밤톨만 한 영혼밖에 남아 있지 않게 된다. 사람은 누구나 다 다시 태어나게 되는데, 그런 사람이 다시 세상에 태어날 때에는 밤톨만 한 영혼만을 갖고 태어나게 되어 세상의 어떤 것도 이해할 수 없게 된다.

몸을 꾸려 가는 마음이 그보다 더 커지면, 영혼의 마음은 완두콩 알 만하게 줄어들었다가 결국에는 그것마저도 완전히 사라지고 만다. 말하자면 영혼의 마음을 완전히 잃게 되는 것이다.

그런 사람들은 살아 있어도 죽은 사람이 되고 만다.

— 포리스터 카터, 『내 영혼이 따뜻했던 날들』(아름드리미디어)에서

할머니는 사람들이 누구나 두 개의 마음을 갖고 있다고 생각했어요. 몸을 꾸려 가는 마음과 영혼의 마음이 그것이죠. '다른 사람에게서 나쁜 것만 찾아내는 사람', '나무의 아름다움을 보지 않고 오로지 목재와 돈덩어리로만 여기는 사람' 등이 영혼의 마음을 잃은 이들로, 이들은 살아 있어도 죽은 사람이나 다름없습니다. 이런 할머니의 가르침에는 탐욕을 경계하고 자연과 공존하려는 인디언의 지혜가 고스란히 담겨 있어요.

한 달에 한 번쯤 통나무집을 들르는 방물장수 와인 씨도 '작은 나무'에게는 좋은 선생님이었습니다. 유태인인 와인 씨는 '작은 나무'에게 덧셈, 곱셈, 나눗셈 등을 가르쳐 주고, 노란 코트도 선물해 줍니다. 이처럼 '작은 나무'는 할아버지와 할머니, 그리고 이웃의 사랑을 받으며, 자연의 이치를 배웠어요. 루소가 『에밀』에서 말했던 것처럼 문명에서 벗어나 자연과 교감하는 지혜를 깨달아 갔습니다.

그러던 어느 날 낯선 이들이 통나무집에 찾아옵니다. 그들은 할아버지, 할머니에게 '작은 나무'를 더 이상 이 같은 비교육적인 곳에 방치해 둘 수 없다며 고아원으로 데려가겠다고 통보하죠. 누군가 할아버지가 정치인들을 몹시 혐오하고, 생계를 유지하기 위해 불법으로 위스키를 만들어 파는 데에 '작은 나무'를 이용한다고 법에 고소한 거예요. 무엇보다도 백인들은 인디언 늙은이들이 어린아이를 교육하는 것이 불가능하다고 보았어요. 할아버지는 어떻게든 이를 막아 보려 했지만 돈 없고 힘없는 인디언 가족을 도와주는 사람은 없었습니다. 결국 '작은 나무'는 가족과 떨어져 고아원으로 갑니다. 가혹한 고아원의 훈육 안에 가엾은 '작은 나무'가 갇혀 버린 것입니다. 편견과 억압 속에서 자연의 본성을 잃게 된 것이죠. 어린 인디언의 운명은 어떻게 될까요?

성장을 위한 진정한 교육이란?

이 소설은 교육적인 면에서 볼 때 그 가치가 큰 것 같아요. 우리 교육과 비교했을 때, 주인공 '작은 나무'가 받은 교육은 어떤 차이가 있을까요?

가장 중요한 차이는 '작은 나무'가 직접 체험을 통해 배운다는 점이지요. 우리나라 학생들은 다양한 체험을 직접 할 수 있는 기회가 너무 적습니다. 심지어 대학에서도 실습이나 실험이 잘 이루어지지 않는 경우도 많으니까요. '작은 나무'는 할아버지, 할머니와 함께 자연에서 체험하며 성장하니 그 깨달음에는 질적인 차이가 매우 클 것입니다.

게다가 자발적으로 배울 수 있다는 점도 아주 큰 차이겠죠. 우리나라 학생들은 자발성을 발휘하기가 어려워요. 영어, 수학처럼 중요하다고 생각하는 과목이 이미 정해져 있으니 호기심을 느끼기가 어렵죠. 호기심을 느끼더라도 그것을 탐구할 만한 여건이 부족합니다. '작은 나무'는 자기 스스로 배워 가니까 배우는 걸 지루해하거나 짜증내는 일이 없는데, 우리 학생들에게는 배우는 것 자체가 고역 아닙니까? 우리 교육에서는 배우는 기쁨이 사라진 데 비해, '작은 나무'가 받았던 교육은 배우는 기쁨이 살아 있다고 할 수 있죠.

그럼 현재 우리나라 교육 방법에 큰 문제가 있다고 봐야 할까요?

현재 우리가 실시하는 교육을 나쁘다고만 말할 수는 없어요. 아마 100년 전 미국도 현재 우리 현실과 크게 다르지 않았을 것입니다. 저는 우리 교육이 그릇되었다고 생각하지는 않아요. 어떻게 보면 현대사회의 요구를 교육이 반영한 것이기도 하니까요. 현대사회는 과거와 달리 아주 복잡하지 않습니까? 배우고 익혀야 할 것들이 과거와는 비교할 수 없을 만큼 많죠. 따라서 그런 지식이나 교양을 '작은 나무'처럼 하나하나 직접 체험하면서 배우는 것은 현실적으로 불가능해요. 책이라든가 다양한 매체를 통해 얻는 간접 체험도 뜻깊은 배움이라고 봅니다. 인간이 경험하거나 지각하지 못하는 영역까지 지식의 세계를 확장할 수 있으니까요. 책을 통해 얻는 간접 체험 자체가 나쁜 것은 아닙니다.

간접 체험도 좋은 경험이라면 우리 교육이 고쳐 나가야 할 부분은 무엇인가요?

제일 먼저 교육 내용을 지적하고 싶습니다. 사실 지금 우리가 배우고 익히는 지식이나 교양은 앞으로 살아가면서 꼭 필요한 것이 아닐 수도 있습니다. 현재의 교육과정은 기성세대가 설계한 것으로, 이는 이전 세대에서 중요하게 여겨 온 내용들을 토대로 조직되었죠. 그러니까 교육과정은 미래를 위한 것이라기보다 과거에 중요하다고 여겼던 내용을 중심으로 조직해 놓은 것이라 할 수 있습니다. 학교를 졸업하고 나면 어디에서도 쓸모없는 지식이 적지 않아요. 평가나 선발을 위해, 줄을 세우기 위해 교육한다는 느낌을 받을 때가 종종 있죠. 게다가 배우고 익히는 과정이 지식을 일방적으로 주입하는 방식으로 이뤄질 때가 많아서, 학생들이 새로운 것을 익히고 배운다는 설렘과 호기심을 느끼는 경우가 많지 않습니다. 스트레스가 높아지고 자존감이 떨어지는 일마저 생기고는 하죠.

그럼 기존의 교육과정이 문제가 있다는 말씀이시네요. 하지만 국어나 수학, 과학처럼 기초 학문들은 배우고 익혀야 하지 않을까요? 기초가 탄탄해야 창의성도 나온다는데요.

맞는 말씀입니다. 창의성은 그냥 생기는 것이 아닙니다. 창의적인 생각을 하기 위해서는 기본 지식들을 갖춰야 하죠. 기본 지식이 있어야 이를 응용해 새로운 생각으로 확장해 나갈 수 있어요. 만약 흥미 위주나 실용적인 지식을 교육하는 데만 지나치게 몰두한다면 오히려 창의성이 발휘되기는 어려울 것입니다.

제가 말씀드린 것은 기존 교육과정이나 내용이 모두 잘못되었다는 뜻이 아닙니다. 기존 교육 내용 중에서도 지켜야 할 가치들은 반드시 가르쳐야 옳지요. 이를테면 우리가 흥미가 있어서 도덕이나 법을 배우는 것은 아니니까요. 꼭 배워야 하는 윤리와 도덕은 흥미와 관계없이 교육과정에 들어 있어야 합니다. 다만 지나치게 세세한 지식들을 암기식으로 외우게 하고, 이를 평가하는 일은 그만두어야 한다는 뜻입니다.

수학, 과학도 배우지 말자는 것이 아닙니다. 하지만 지금처럼 모든 친구들이 높은 수준의 공부를 할 필요는 없어요. 그 분야에 흥미를 가진 친구들에게는 깊은 수준의 학습을 하게 하고, 거기에 몰입이 어려운 친구들은 다른 방향을 제시해 주는 게 옳다고 봅니다. 그리고 수학이나 과학 과목 같은 시간에는 실험이나 실습을 늘려야 한다고 생각합니다. 완결된 지식이 아니라 지식이 만들어지는 과정을 익히는 게 더 중요하거든요. 이 소설에서 할아버지가 '작은 나무'에게 했던 말이 떠오르는군요. "남에게 무엇인가를 그냥 주기보다는 그것을 만드는 방법을 가르쳐 주는 일이 훨씬 좋은 일"이라고 했죠. 그리고 "그냥 주게 되면, 상대방을 의존적으로 만들고 그것은 결국 그 사람의 인격이 없어지는 것"이라고도 했습니다. 저는 우리가 의존적이지 않고 창의적이려면 수학이나 과학도 주어지는 지식이 아니라 지식으로 만들어지는 과정을 배워야 한다고 봅니다.

진정한 공동체를 위한 정치란?

> 소설을 읽다 보면 '작은 나무'의 할아버지가 정치에 불만이 많고, 심지어 국가에서 금지한 술을 만들어 파는 장면도 나오는데 이 점과 관련해 의견 부탁드립니다.

'작은 나무'의 할아버지는 정치를 혐오하는 분이에요. 그도 그럴 것이 백인들에 의해서 수많은 체로키 인디언이 희생되었거든요. 그리고 할아버지가 어린 시절에 겪었던 일도 큰 영향을 미쳤을 것입니다. 백인 군인들이 가난하게 살아가는 민간인의 땅을 빼앗기 위해 폭력을 행사하고, 결국에는 그들을 총으로 살해하는 장면을 직접 목격했으니까요. 그러니 할아버지가 백인들을 불신하고 그들이 행하는 정치를 좋아하지 않는 건 당연합니다.

한편 그 당시 미국에는 금주법이 있어서 술을 만들거나 팔면 불법이었습니다. 미국의 금주법은 제1차 세계대전을 치르면서 생긴 곡물 부족 현상 때문에 만든 법이었어요. 이와 더불어 미국은 그 당시 독일과 경쟁국이었는데, 독일이 주도하는 맥주 산업을 고사시키려는 의도도 있었죠. 그 밖에도 여러 가지 이유가 있었는데, 당시에는 알코올중독자들이 사회적으로 양산되고 그에 따른 범죄율도 높았다고 합니다. 그런 까닭에 금주법은 사회를 정화하는 차원에서도 효과적이었어요. 그리고 노동자들이 술을 마시지 않으면 상품 생산성이 향상될 테니 공장을 운영하는 사람들에게도 환영할 만한 법이었습니다.

하지만 그 법으로 인해 고통을 받은 사람이 누구인지를 생각해 보면 다툼의 여지가 있습니다. 결국 술값이 천정부지로 오르면서 가짜 술을 만드는 사람들이 생겼고, 이를 마시다가 목숨을 잃는 사람들이 속출했는데 이들은 모두 서민이었어요. 돈 있는 사람들은 약간의 불편함만 겪을 뿐, 술을 사는 데 큰 어려움이 없었죠. 그리고 '작은 나무' 가족처럼 술을 만들어 팔던 가난한 사람들은 생계에 직접적인 타격을 입으며 목숨을 부지하는 것 자체가 힘들어졌습니다. 법이 약자를 보호하지 않았던 것입니다.

법이 꼭 약자를 보호해야 하는 것인가요?

인간이 공동체를 이루고 살아가는 이유는 무엇일까요? 그리고 법을 만들고 정치를 하는 까닭은 무엇 때문일까요? 저는 그 이유가 강자의 이익을 위해서가 아니라 약자의 삶을 위해서라고 생각합니다. 강자는 스스로를 지키고 보호하는 데에 어려움을 겪지 않습니다. 오히려 법이나 공동체가 없다면 강자는 자신의 이익을 최대한 누리려고 하겠죠. 계몽주의 철학자 홉스의 표현대로 법과 공동체가 없던 자연 상태는 '만인의 만인에 대한 투쟁'처럼 야만적인 상태였습니다. 정글처럼 말이죠. 요즘처럼 법이 잘 갖춰진 현대사회에는 법망을 피해서 이익을 추구하는 강자들이 너무 많습니다. 이는 법이 강자의 이익을 대변해 주지 않기 때문입니다.

만약 법이 없다면 약한 사람은 강한 사람에게, 강한 사람은 그보다 더 강한 사람에게 끊임없이 당하면서 살아갈 것입니다. 그러다 보면 공동체는 깨지고 야만적인 상태로 되돌아가겠죠. 저는 법과 정치가 약자를 위해서 존재해야 한다고 생각합니다. 진정한 공동체란 약한 사람들과 어울려서 살아가는 세상일 것입니다. 따라서 금주법을 제정할 때는 사회적 약자가 받을 피해를 생각해서 그들을 구제할 대책도 마련했어야 합니다. 만약 그랬더라면 '작은 나무'의 할아버지가 법을 어기는 일은 없었겠죠. 어쩌면 당시 금주법은 인디언과 같은 사회적 약자들을 생계형 범죄자로 전락시킨 악법일 수도 있는 것입니다.

금주법이 악법이라고 단정 지을 수 있을까요?

좀 전에 말씀드린 것처럼 법은 약자를 보호해야 합니다. 그런데 금주법은 약자를 보호하는 법이 아니라 강자의 이익을 대변했어요. 금주법으로 이익을 본 사람들은 누굴까요? 사회적 약자들이 아니었습니다. 독일에 맞서야 한다는 일부 정치인들이 이익을 얻었고, 노동자들이 술을 마시지 못해 생산성이 좋아졌으니 공장주들이 이익을 얻었습니다. 또한 금주법을 이용해 엄청난 돈을 벌어들인 알 카포네 같은 마피아들이 이득을 보았습니다. 소설에도 '작은 나무'의 할아버지에게 값싸게 술을 사서 비싼 곳에 팔아 한몫 단단히 챙기려는 백인 남성들이 등장했죠. 이렇게 볼 때, 금주법으로 얻은 이득은 사회적 강자에게 돌아갔다고 할 수 있습니다. 사회적 약자들은 오히려 생계에 위협을 느끼며 살아갔고요. 그러니 금주법이 약자를 보호하는 좋은 법이라고 말할 수는 없습니다.

그렇군요. 그런데 혹시 약자를 위한 법 때문에 역차별이 생길 수도 있지 않을까요? 노력하지 않고 남에게 기대어 살아가려는 사람도 생길지 모르고요.

좋은 지적입니다. 약자를 배려하는 법을 악용하는 이들도 생겨날 수 있죠. 만약 남에게 기대어 살아가려는 사람이 사회에 많아진다면 이는 공동체에 큰 부담이 될 것입니다. 예를 들어 가난한 사람들에게 매달 최저생계비보다 훨씬 많은 돈을 그냥 준다고 생각해 봅시다. 그들은 노력하지 않아도 복지를 누리니 굳이 일할 필요가 없겠죠. 그러니 사회적 생산성은 자연스레 떨어질 것입니다. 또한 성실히 생활한 사람들은 상대적으로 박탈감을 느낄 것이고, 이는 사회적 불만 요인으로 작용하겠죠. 따라서 무조건 약자를 위해야 한다는 것은 아닙니다. 사회적 합의를 이루고, 서로 다른 계층끼리 받아들일 만한 수준이어야겠죠. 약자를 배려하기 위해 무리하게 강자의 이익을 빼앗는다면 이 역시 폭력입니다. 최소한의 삶을 보장하는 수준에서 법이 결정되어야 옳을 것입니다.

: 책으로 세상 읽기 :

문화적인 편견을 넘어서 — 문화제국주의

『내 영혼이 따뜻했던 날들』에는 강한 거부감을 불러일으키는 장면이 몇 개 나옵니다. 고아원에서 목사가 '작은 나무'를 '사생아'라며 차별하고, 인디언 할머니와 할아버지 밑에서 자라 교육을 받지 못했다며 멸시하는 장면이 그중 하나죠. 그는 또 '작은 나무'에게 '악의 씨'를 받았다는 저주의 말과 함께 "회개는 불가능하지만 울게 만들 수는 있다"며 폭력을 행사하기도 했습니다. 어떻게 대여섯 살짜리 꼬마에게 그런 끔찍한 짓을 저지를 수 있었을까요? 여기에는 목사 개인의 인격적 결함도 원인으로 작용했겠지만, 근본적으로는 '문화제국주의'가 영향을 미친 것으로 보입니다.

우월한 군사력과 경제력을 바탕으로 다른 나라를 침략해 대국가를 건설하려는 경향을 '제국주의'라고 합니다. 비슷한 맥락에서 문화제국주의란 선진 국가가 자국의 문화를 우월하게 여기는 것을 넘어, 이를 다른 나라에까지 적용하려는 것을 뜻합니다. 이 과정에서 약소국가의 고유한 문화적인 전통은 외래문화의 강력한 공격을 받습니다. 소설에서 교회 목사가 인디언들을 무시하는 행동을 보이거나, 가난한 기독교인들조차 이교도의 동정 따위는 받지 않겠다며 인디언의 호의를 거절한 데에는 모두 인디언 문화를 경멸하는 심리가 깔려 있는 것입니다.

이러한 문화제국주의는 오늘날 우리가 살아가는 현실에도 엄연히 존재합니다. 대체로 미디어를 통해 강대국의 이데올로기가 널리 퍼져 나가면, 약소국 사람들이 이를 무의식적으로 수용하는 과정에서 구현됩니다. 그 뒤 외래문화를 받아들이면서 고유의 전통적인 가치나 질서가 파괴되고 외래문화에 종속되는 일이 벌어지게 되죠. 오늘날 우리 문화가 미국 문화와 꽤 비슷한 것도 문화제국주의의 결과라고 할 수 있습니다.

서로 다른 문화가 접촉하고 그에 따라 사회·문화가 변화하는 것이 잘못된 일은 아닙니다. 문화는 전파되고 수용되며 새로운 방향으로 나아가는 것이기 때문입니다. 유교나 불교는 발달된 정신문화이기에 우리 스스로 받아들였고, 인도의 간다라 미술은 그리스 헬레니즘 문화의 영향을 받아 형성되기도 했죠. 하지만 문화제국주의는 이런 일반적인 문화의 전파와 수용 과정을 따르지 않습니다. 문화제국주의는 강대국의 외래문화는 우수한 것으로, 자국 문화는 열등한 것으로 느끼도록 한다는 데에 가장 큰 문제가 있습니다. 일단 문화적인 지배가 이루어지면 선진 국가들은 영화나 패션, 스포츠

등 각종 문화 상품들을 약소국에 판매하여 커다란 이득을 얻기도 하고요.

그러나 문화제국주의에 맞서 고유의 민족문화를 지키려는 노력도 존재합니다. 이를 일컬어 '탈식민주의'라고 하죠. 문화적 식민성을 벗어나자는 것입니다. 『내 영혼이 따뜻했던 날들』에도 탈식민주의적인 요소가 적지 않습니다. 대체로 탈식민주의 문학은 고유한 문화와 전통적인 요소들을 살리거나, 그렇지 않으면 문화제국주의에 의해 만들어진 저작물들을 패러디하는 방식으로 비판하고 풍자합니다. 두 가지 모두 '문화란 상대적인 것으로 우열을 가릴 수 없다'는 전제를 깔고 있죠.

『내 영혼이 따뜻했던 날들』을 잘 읽어 보면, 백인들의 문화와 자본주의적인 사고방식을 비판하는 내용이 적지 않습니다. 이는 '눈물의 여로'라고 불리는 체로키 인디언의 강제 이주를 다룬 부분에서 두드러지게 나타나요. 백인들은 면화를 생산하기 위해 체로키 인디언들을 강제로 이주시킵니다. 이러한 강제 이주는 인디언에 대한 백인의 야만성을 드러낸 증거이자, 자본주의가 상품 경제의 논리를 앞세워 인권을 유린한 사례라고 할 수 있죠.

이 소설에는 백인들을 비판하는 내용만 담겨 있는 것이 아닙니다. 인디언의 전통과 가치관들도 함께 담겨 있습니다. 모든 자연 속에 영혼이 깃들어 있으므로, 땔감도 영혼이 빠져나간 마른 나뭇가지를 사용해야 한다는 생각, 모카신을 신고 사슴 가죽조끼를 만들어 입으며, 먹고 쓸 만큼만 자연에서 취하고 나머지는 돌려보내는 생활 방식, 자연과 함께 살아가는 인디언들의 생활 모습 등, 이 모든 것이 자본주의를 따르는 백인들에게는 없는 체로키 인디언만의 전통이죠. 이런 점에서 이 소설은 문화제국주의를 벗어나 탈식민주의를 지향하는 소설이라 할 수 있어요.

공동체 생활,
... 길들임에 거부하다

BOOK 9

무엇이 우리를 길들이려 하는가
『수레바퀴 아래서』

°"새는 알을 깨고 나온다. 알은 세계다. 태어나려는 자는 한 세계를 파괴해야만 한다." 어디선가 읽어 본 이 구절은 독일 작가 헤르만 헤세의 『데미안』에 등장하는 유명한 구절입니다. '알'은 어떤 기능을 할까요? 우선 알은 새끼를 보호합니다. 외부의 추위를 막아 주고, 침입자들로부터 생명을 지켜 주죠. 동시에 알은 새의 자유를 억압합니다. 알 속에서 날개를 펼칠 수는 없으니까요. 안정적이지만 자유를 온전히 누리기 어려운 가정, 학교, 고향은 일종의 알과 같은 세계에 가깝습니다. 덧붙여서 기존의 모든 제도와 관습, 가치관은 안정적이라는 점에서 알과 같죠.

그런데 안정 속에 새로움은 없습니다. 태어나려는 자, 곧 자유의 지를 지닌 존재는 반드시 알을 깨뜨려야만 합니다. 어차피 알 속의 안정도 일시적일 뿐이니까요. 그런데 만약 알에 익숙해져 새가 계속 그곳에 머문다면 그 존재는 어떻게 될까요? 아마도 알이 깨어지는 순간 파멸에 이르겠죠. 우리가 읽을 헤르만 헤세의 『수레바퀴 아래서』는 알에 갇힌 채 살아가던 한 소년의 비극적 삶을 다루고 있습니다.

『수레바퀴 아래서』는 헤르만 헤세의 자전적인 소설로 알려져 있습니다. 헤세는 열세 살이 되던 해부터 부모 곁을 떠나 엄격한 라틴어 학교를 다녔습니다. 그러다가 외할아버지처럼 목사가 되기 위해 수도원이자 신학교인 마울브론 신학교에 입학했죠. 당시 독일에서 목사는 사회적 명망이 높았습니다. 따라서 헤세가 학교를 꾸준히 다닌다면 사회적 성공을 보장받을 수 있었습니다. 그러나 감수성이 예민하고 문학적인 재능이 탁월한 헤세가 엄격한 규칙과 인습에 얽매인 신학교 생활을 이어 가는 건 매우 힘든 일이었습니다. 결국 신경쇠약에 걸린 헤세는 기숙사를 무단이탈하다 학교에서 쫓겨나고 맙니다. 안전한 출세의 길을 스스로 버린 것이죠. 마치 편안했던 알을 깨고 자유롭지만 불안한 길을 선택한 새처럼 말입니다. 이후로 헤세는 젊은 시절 온갖 어려움을 겪게 됩니다.

『수레바퀴 아래서』는 헤세가 신학교 시절 겪었던 어려움을 소설로 표현한 것입니다. 소설 곳곳에는 소년 시절 헤세의 모습이 고스란히 투영되어 있죠. 소설을 헤세의 생애와 비교해 읽으면 그 재미와 감동이 더 커질 것입니다.

독일의 어느 작은 마을, 어릴 적 어머니를 잃은 소년 한스가 아버지와 단둘이 살고 있었습니다. 뛰어난 재능을 지닌 그는 마을 사람들의 기대를 한 몸에 받으며 신학교 입학을 준비하고 있었죠. 주(州) 시험에 합격해 신학교에 입학하는 일은 개인은 물론 마을의 큰 영예였습니다. 40명 정도의 수재들만 선발하는 아주 엄격하고 어려운 시험이기 때문입니다.

그래서였을까요. 한스가 시험을 준비하는 동안 라틴어 학교 교장 선생님과 마을의 목사님까지 한스를 특별 대우합니다. 한스의 아버지 또한 아들에 대한 자부심이 대단했어요. 그는 가문을 중시했는데 언젠가 아들이 목사가 되거나 대학 강단에 서기를 간절히 바라고 있었습니다.

한스는 자신을 짓누르는 부담감으로 인해 시험을 치를 때 몹시 괴로웠지만, 당당히 전체 2등이라는 우수한 성적으로 시험에 합격합니다. 고향 마을에서는 한스의 합격 소식이 큰 화제가 되었죠. 한스는 기쁜 마음에 어린 시절 즐기던 낚시터에도 가 보는 등 여유를 가집니다.

하지만 한스의 자유는 오래가지 못했어요. 라틴어 학교 교장 선생님과 목사님이 한스에게 신학교 입학을 앞두고 그리스어와 수학, 그리고 호머(호메로스)에 대한 공부를 꾸준히 할 것을 권했기 때문이에요. 한스는 어른들의 권유를 뿌리치지 못하고 다시 공부에 매진합니다. 고된 시험이 끝났는데도 밤늦도록 숙제 더미에 깔려 있을 때가 많았어요.

신학교에 입학한 한스는 곧바로 학업에서 두각을 나타냈습니다. 선생님들은 한스가 훌륭한 인재로 성장할 것을 믿어 의심치 않았죠. 한스도 오직 학업에만 집중하며, 공부에 방해가 되는 모든 것과 일부러 거리를 두었습니다. 어머니도 없이 엄격한 소년 시절을 보낸 한스는 그동안 공부 외에 딱히 무언가에 관심을 둔 적이 없었어요. 그래서 사랑과 우정을 나누는 방법조차 알지 못했죠. 그럼에도 한스는 친구들이 우정을 나누는 모습에 맹렬한 질투심을 느끼며 괴로워했습니다.

어느 날 한스에게 하일너라는 친구가 생겼습니다. 한스는 호숫가에서 시를 쓰는 하일너를 발견하고 호기심에 말을 건넸는데, 이를 계기로 하일너에게서 묘한 감정을 느끼게 됩니다. 하일너는 시를 즐겨 쓰는 공상가로, 매사에 열정적이고 자유로웠어요. 선생님들의 수업도 무시하고 심지어는 교장 선생님의 말도 제대로 따르지 않았죠. 하일너는 신학교라는 알 속에 갇혀 지내는 존재가 아니었던 것입니다. 시간이 흐를수록 하일너는 거세게 자신의 날개를 퍼덕이기 시작합니다. 또 돋아나는 부리로 견고한 알껍데기를 깨뜨리기 시작하죠. 하일너의 모습을 곁에서 지켜본 한스는 혼란스러웠습니다. 그제야 비로소 한스는 그동안 자신을 억눌러 온 주위의 압박과 기대, 엄격한 규율과 종교적 가르침이라는 거대한 수레바퀴를 마주 보게 됩니다.

그러나 한스는 하일너처럼 의지가 강한 소년이 아니었습니다. 아버지의 엄격한 훈육 아래 자랐기에, 자기 의지를 제대로 펼쳐 본 적이 없었기 때문이에요. 알은 깨지고 있었지만 한스는 바깥세상으로 나갈 힘을 지니고 있지 않았습니다. 한스의 감정은 소용돌이쳤고 생활은 급격하게 변했습니다. 한스는 학업에 정진해야 한다고 되뇌었지만, 어느새 하일너의 자유분방함을 따르게 되었죠. 두통이 찾아왔고 성적은 바닥으로 떨어졌습니다. 이후 하일너가 몇 차례 말썽을 일으킨 뒤 신학교를 아예 떠나 버리자, 한스는 학업에 더 이상 집중하지 못합니다. 긴 우울증 끝에 신경이 극도로 쇠약해지고 말죠.

일부 학교 선생과 아버지의 야비스러운 명예심이 연약한 어린 생명을 이처럼 무참하게 짓밟고 말았다는 사실을 몰랐던 것이다. 왜 그는 가장 감수성이 예민하고 상처받기 쉬운 소년 시절에 매일 밤 늦게까지 공부를 해야만 했는가? 왜 그에게 낚시하러 가거나 시내를 거닐어 보는 것조차 금지했는가? 왜 심신을 피곤하게 만들 뿐인 하찮은 명예심을 부추겨, 그에게 저속하고 공허한 이상을 심어 주었는가? 왜 시험이 끝난 뒤에도 응당 쉬어야 할 휴식조차 허락하지 않았는가? 이제 지칠 대로 지친 나머지, 길가에 쓰러진 이 망아지는 아무 쓸모도 없는 존재가 되어 버린 것이다.

여름이 시작될 무렵, 마을 의사는 지난번에 이어 다시 한 번 한스를 진찰했다. 그리고 성장기에 흔히 나타나는 신경 쇠약 증세라고 진단을 내렸다. 충분한 휴식과 산책이 그의 병세를 낫게 할 것이라고 말했다. 하지만 유감스럽게도 거기에 이르지 못했다.

— 헤르만 헤세, 『수레바퀴 아래서』에서

이제 고향으로 돌아가는 선택만 남은 한스. 그에게는 어떤 삶이 기다리고 있을까요? 고향으로 되돌아온 한스는 아무것도 할 수 없었습니다. 기술을 배우고자 했지만 본래부터 허약했던 한스가 육체노동을 하기에는 어려움이 많았죠. 게다가 자기를 비아냥거리는 소년들 때문에 자존심에 큰 상처마저 입습니다. 한스는 삶의 의욕을 완전히 상실하고 맙니다.

앞에서 언급했던 『데미안』의 한 구절을 다시 떠올려 볼까요? "새는 알을 깨고 나온다. 알은 세계다. 태어나려는 자는 한 세계를 파괴해야만 한다." 한스는 스스로 알을 깨고 나올 의지를 지니고 있지 않았습니다. 그는 수레바퀴 아래에 깔려 날개를 펼칠 수가 없었죠. 알은 반드시 내부에서 깨져야 합니다. 자기 의지를 지닌 채 스스로 알을 깨뜨려야만 새는 살아갈 수 있습니다. 그런데 알이 너무 견고하고 새를 억누르기만 한다면, 새는 알을 깨뜨릴 수가 없어요. 그러다가 외부의 강력한 힘에 노출되는 순간 알도 새도 모두 죽음에 이르고 말죠. 우리가 깨뜨려야 할 알은 무엇일까요? 그리고 우리를 짓누르는 수레바퀴는 무엇일까요? 소설을 읽으며 스스로 답을 찾아보길 바랍니다.

우리를 수레바퀴처럼 억누르는 것은 무엇일까?

『수레바퀴 아래서』에는 당시 독일 교육의 관점이 잘 드러나
있는데요. 이에 대해 설명을 부탁드립니다.

당시 독일 사회가 교육을 바라보는 관점은 한스가 다녔던 라틴
어 학교 교장 선생님의 말씀 속에 잘 나타나 있습니다. 교장 선생님
은 교육의 목적이 '소년의 내부에 자리 잡은 욕망을 길들임과 동시
에 송두리째 뽑아내고, 국가가 인정하는 절제의 평화로운 이상을
심어 주는 것'이라고 했죠. 이는 자연스러운 본성을 억압하고 인위
적인 가치나 사고를 억지로 주입하는 것과 같습니다. 자연이 만들
어 낸 인간은 저마다 개성과 욕구가 다르고, 때에 따라서는 매우 불
안정한 존재이기도 합니다. 그런데 이러한 인간을 그 자체로서 존
중하지 않는다니 당시 교육관이 인간의 본성을 외면한 것은 아닌가
하는 생각이 듭니다.

한스는 신학교에 입학하기 전부터 자기 본성을 억누르며
살아오지 않았나요?

네, 맞습니다. 사실 한스는 신학교에 입학하기 전부터 어른들에
의해 엄격하게 길들여져 왔습니다. 특히 아버지의 기대와 주위의
부추김으로 인해 너무 일찍 출세욕에 눈을 떴지요. 그로 인해 정작
한스의 자아는 텅 비어 갔는데 아무도 이 사실을 알지 못했습니다.
한스가 감당하는 수레는 너무도 무거운 반면, 그에게는 엄마의 따
스한 위안도, 친구와의 애틋한 우정도 허락되지 않았어요. 이런 점
에서 한스를 짓누르는 수레바퀴는 오늘날 우리 청소년들이 짊어진
수레바퀴와 비슷합니다. 우리도 일정하게 성공 기준을 만들어 놓고
이를 갖추도록 청소년들을 시험지옥으로 내몰고 있으니까요.

시대가 아무리 변해도 교육은 크게 변하지 않는 것 같네요.

교육의 주체는 교육을 받는 사람이어야 하는데, 여전히 교육을
시키는 이들이 중심이 되고 있는 듯합니다. 특히 부모가 교육을 좌
우하는 경향이 짙습니다. 사실 우리 학생들 중에는 한스처럼 부모
의 기대에 부응하기 위해 열심히 공부하는 친구들이 꽤 많습니다.
부모의 욕망이 거대한 수레바퀴가 되어 학생들을 짓누르고 있는 것
이죠. 실제로 자식의 출세를 통해 대리 만족을 얻으려는 부모도 적

지 않습니다. 또한 성장 과정에서 부모의 가치관을 은연중에 습득해 이를 자기 인생의 목표로 삼는 친구들도 많죠. 자기가 원하는 삶에 대해 성찰하지 못한 채 스스로를 출세의 수레바퀴 속으로 밀어 넣는 결과가 벌어지는 것입니다.

꼭 부모만 그런 것은 아니겠죠. 교육을 억누르는 수레바퀴가 있다면 또 어떤 게 있을까요?

부모가 개인적인 차원의 수레바퀴라면 국가는 사회적인 차원의 수레바퀴가 아닐까 싶습니다. 우리는 태어나면서부터 국가의 관리를 받고 있어요. 교육을 국가가 관리한다는 점을 가장 잘 증명하는 게 바로 교육부의 존재죠. 우리나라는 초등·중등학교는 물론이고 대학도 교육부의 관리와 감독을 받고 있습니다. 국가가 교육을 단순히 개인의 자아 성취로 보지 않고 개인들이 사회에서 일정한 역할을 수행할 거라고 기대하는 것이죠. 실제 교육부가 존재하는 까닭 중 하나는 '인적자원을 개발하기 위해 정책을 수립하는 일'이라고 되어 있습니다. 개인의 자아 성장보다는 민주 시민을 양성하고 미래의 인적 자원을 키워 내는 것이 교육의 주된 목표라는 의미죠. 이를 보면 공장에서 상품을 찍어 내듯이, 국가는 교육을 통해 자연인을 인위적인 국민을 만들려는 것 아닌가 하는 생각마저 들어요. 자발적으로 능력을 발휘해 공동체에 도움을 주는 것은 찬성이지만,

국가가 미리 개인에게 의무를 강제하는 것은 적절치 않다고 봅니다. 오히려 국가는 개인이 자아실현을 할 수 있도록 교육 서비스를 제공해 줘야 마땅하지 않을까요?

지금까지의 이야기는 조금 추상적으로 느껴지네요. 실제로 현장에서 학생들을 억압하는 수레바퀴에는 어떤 것이 있을까요?

가장 대표적인 것으로는 입시 제도가 있겠죠. 학창 시절에는 누구나 어쩔 수 없이 입시라는 수레바퀴에 짓눌려 살게 됩니다. 게다가 해마다 다른 입시 제도가 청소년의 미래를 더욱 불안하게 만들고 있습니다. 그 불안감을 이용해 입시 기관이나 학원들은 이윤을 추구하고요.

언론이나 방송도 적잖이 불안감을 조장하며 동조하고 있습니다. TV 뉴스나 신문 보도를 비롯해 드라마에서도 명문대생이나 해외 유학파만 출세한다는 설정을 하는데 이는 출세욕과 명예욕을 부추기는 것이죠. 이런 환경에 익숙해지다 보면 어느덧 '학벌'이라는 간판을 따기 위해 살아가는 일이 벌어지게 됩니다. 성공에 대한 획일적인 가치관이 이 땅의 거대한 수레바퀴로 작용하고 있는 것이죠. 그러나 자유를 포기할 수는 없지요. 우리를 억누르려는 수레바퀴가 어디서 굴러오는지 분명히 알고 있다면, 슬기롭게 피하는 방법도 언젠가는 깨달을 수 있다고 생각합니다.

엘리트 교육은 필요할까?

입시 이야기가 나와서 말인데요. 소수의 엘리트를 육성하는 것에 대해 어떻게 생각하시나요?

한스가 신학교에 들어가려고 치열하게 공부하는 모습을 보면 마치 오늘날 한국에서 명문대 입시를 준비하는 수험생들의 모습이 연상됩니다. 소수의 엘리트를 선발하여 육성하는 교육은 오래전부터 있어 왔습니다. 약 2,500년 전 플라톤도 가장 현명한 사람이 나라를 다스려야 한다고 했고, 우리나라도 이름만 달랐지 인재를 선발하여 교육하는 제도를 늘 갖추고 있었죠.

저는 엘리트 교육 자체가 나쁘다고는 생각하지 않습니다. 사람들에게는 저마다 다른 능력이 존재하는데, 이를 최대한 일찍 발굴해서 육성하는 것은 개인과 사회 모두에게 좋은 일이죠. 하지만 이 소설에서 한스가 받았던 엘리트 교육이나 우리 사회에서 엘리트를 발굴하고 교육하는 방법에는 문제가 있어요. 수준 높은 다양한 교육이 이루어져야 하는데, 지금 우리 학생들은 지나치게 지식만 맹목적으로 익히고 있으니까요. 『수레바퀴 아래서』를 읽다 보면 우리나라 현실과 상당히 비슷해서, 그동안 우리가 엘리트 교육을 너무 맹목적으로 추종해 온 게 아닌가 하는 회의가 들기도 합니다.

엘리트 교육의 어떤 점이 문제라고 생각하시는지요?

우선 엘리트에 대한 인식이 지나치게 획일화되어 있습니다. 엘리트를 떠올려 보면 대부분 공부를 잘해서 명문대에 들어간 뒤, 고위 공무원이나 의사, 판사처럼 전문직 종사자가 된 사람을 떠올리게 마련이에요. 그런데 엘리트가 꼭 학문적으로, 혹은 지적으로 뛰어난 사람만 가리키는 것은 아니에요. 각자의 개성과 능력에 맞게 그 분야에서 뛰어난 실력을 발휘하면 엘리트라고 할 수 있죠.

하지만 우리 사회는 다양한 분야가 아니라 특정 분야의 재능만을 인정하는 분위기가 강합니다. 그러다 보니 갈수록 서열화가 심해질 수밖에 없죠. 우리 엘리트 교육의 가장 큰 문제는 지식 위주의 획일화된 기준으로 엘리트를 선발한다는 데에 있어요. 만약 이런 상태로 엘리트 교육이 강화된다면, 엘리트로 선발되지 못한 다수의 사람들은 상대적으로 박탈감을 느낄 것이고, 이는 우리 사회의 큰 손실로 이어질 수밖에 없죠.

그런데 엘리트는 '각 분야의 전문가'라는 의미 외에도 '우리 사회를 이끄는 리더'라는 의미를 지니고 있지 않나요? 그러려면 국가의 미래를 책임질 지식을 반드시 갖춰야 할 텐데요.

그런 면이 있습니다. 엘리트는 자아실현 못지않게 사회적 책무도 지니고 있죠. 특히 수학과 과학 분야의 엘리트는 국가의 미래를 결정지을 만큼 중요한 사람들입니다. 이들은 과학기술을 발전시켜 궁극적으로는 국가의 경쟁력을 높이고, 미래 사회의 방향을 결정짓게 될 것입니다.

이공계뿐만이 아니라 우리 사회에서 국민들의 통합을 이끌어 낼 정치 엘리트도 중요해요. 합리적인 이성과 의사소통 능력으로 갈등을 조율하고 타협을 이끌어 내는 기술을 지닌 엘리트는 우리 사회에서 꼭 필요한 인재입니다. 그뿐 아니라 예술·경제·정치 등 다양한 분야의 엘리트 육성이 반드시 필요합니다. 하지만 이러한 엘리트에게 지식 위주의 교육만 시켜서는 곤란해요. 다양하고 창의적인 교육으로, 지덕체를 모두 갖춘 인재로 성장시켜야 합니다.

엘리트 교육의 대상이 되지 못한다면 패배자가 된 것 같은 느낌을 받지 않을까요? 그 대상이 되지 못한 사람들은 어떻게 해야 할까요?

획일화된 엘리트 교육에서는 점수로 줄을 세울 수밖에 없어서 교육 대상에서 탈락하는 경우가 많을 것입니다. 그러나 각각의 재능에 맞춰 심도 깊은 엘리트 교육이 다양하게 이루어진다면 오히려 교육 대상자가 크게 늘어나겠죠.

그런데 해당 분야의 엘리트가 아니라고 해서 그 분야의 교육을 전혀 받을 필요가 없다고 생각하는 것은 문제예요. 엘리트 교육만이 아니라 보편적인 수준의 교육도 동시에 이루어져야 합니다. 만약 일반인들이 수학, 과학에 대한 보편적인 지식을 전혀 갖추지 못한다면 어떤 일이 벌어질까요? 미래 사회에 대한 과학적 비전을 엘리트가 아무리 강조해도, 대중이 이해하지 못하고 정치인이 받아들이지 않는다면 이는 아무짝에도 쓸모없는 지식으로 전락할 것입니다. 보편적이고 상식적인 수준을 사람들이 갖췄을 때, 엘리트도 힘을 얻을 수 있습니다. 또한 엘리트가 미처 떠올리지 못한 생각을 일반인이 제시해 줄 수도 있고요. 그러므로 엘리트가 해당 분야의 전문적인 지식을 갖출 수 있도록 교육하되, 이와 동시에 일반인을 대상으로 하는 보편적인 교육의 수준도 함께 끌어올려야 할 것입니다.

방어기제란 무엇인가

『수레바퀴 아래서』를 읽다 보면 안타까운 부분이 참 많습니다. 독자의 입장에서는 한스가 힘든 상황을 이겨 내고 신학교를 무사히 졸업하길 바라게 되는 게 사실이에요. 또 친구 하일너를 만나지 않았더라면 한스는 존경받는 목사가 되어 살아갈 수도 있었겠죠. 하지만 그 삶은 어디까지나 위태로운 삶일 수밖에 없습니다. 언제든 외부의 강력한 힘이 작용하면 알이 부서지듯이 한스도 무너져 내릴 테니까요.

신학교 생활에 적응하지 못한 한스는 결국 고향으로 돌아왔어요. 하지만 그는 고향에서 아무것도 할 수가 없었죠. 커다란 나무에서 부러져 나온 가지처럼 천천히 썩어 가고 있었습니다. 그러다 마침내 죽을 결심까지 하게 됩니다. 대체 어쩌다가 한스는 죽을 생각까지 하게 된 것일까요? 새롭게 다시 시작할 가능성이 전혀 없었던 것도 아닌데 말입니다. 그 까닭은 한스의 친구 하일너와 비교하면 좀 더 쉽게 이해할 수 있습니다.

사실 신학교 생활에 적응하지 못한 사람은 한스보다는 하일너였어요. 초반에 한스는 그 누구보다도 의욕적으로 학업에 매진했죠. 그렇지만 내면을 들여다보면 하일너의 사정이 조금 나아 보입니다. 하일너는 한스처럼 우울감에 빠지거나 두통에 시달리지는 않았거든요. 나아가 교장 선생님께 당당히 맞서 자신의 권리를 요구하고 신학교 교육을 신랄하게 비판하며 자신만의 시도 써 나갔습니다. 때로는 친구들과 격렬하게 다투기도 했지만 한 번도 나약한 모습을 보이진 않았죠. 반면에 한스는 하일너와 어울리면서 차츰 무너져 내리기 시작했습니다.

두 소년 모두에게 신학교 기숙사 생활은 힘들었을 거예요. 학교에서 요구하는 삶과 내면에 잠재된 욕구가 일치하지 않았으니까요. 이런 상황에서는 마음속에 혼란과 불안이 스며들어 그 누구라도 자신을 지켜 내는 것이 쉽지 않았을 것입니다. 그래서 우울증이나 신경쇠약에 걸리게 되는 것이죠. 그렇다고 해서 누구나 우울의 늪에 빠지는 것은 아닙니다. 인간에게는 불안을 막아 내는 일종의 방어막 같은 게 있거든요. 이를 조금 어려운 말로 '방어기제'라고 합니다.

방어기제는 정신분석학자인 지그문트 프로이트가 최초로 이론화한 것입니다. 이는 폭발하는 충동을 억제하여 스스로를 보호하는 장치로, 내면에서 일어나는 갈등과 불안으로부터 자신을 지키는 심리 작용이죠. 하일너에게는 방어기제가 작동하고 있었습니다. 그는 선생님들과의 관계에서 갈등을 겪지만 직접 맞설 수 없자 또래 학생들과 다투었어요. '종로에서 뺨 맞고 한강에서 눈 흘기는' 식으로라도 억눌린 화를 표출한 거죠. 이러한 방어기제를 '전위(displacement)'라고 합니다. 하일너는 이렇게 해서라도 자신의 욕망을 분출해 불안을 잠재운 것입니다.

하일너에게서는 또 다른 방어기제도 발견됩니다. 한스가 처음 하일너를 만났을 때, 그는 시를 쓰고 있었습니다. 억눌린 감정들을 시를 통해 표현한 거예요. 이러한 방어기제를 '승화(sublimation)'라고 합니다. 승화는 사회적으로는 허용되지 않는 것들을, 이것이 용인되는 다른 세계 안에서 펼쳐 보이는 일을 말합니다. 억눌린 감정을 음악이나 그림, 글 등으로 표출하는 것이 대표적인 사례죠. 공격성이 매우 강한 사람이 권투 선수가 되는 것도 일종의 승화입니다. 승화는 꽤 괜찮은 방어기제라고 할 수 있어요. 물론 소설에서는 하일너가 승화만 한 것은 아닙니다. 그는 결국 학교가 강요하는 삶을 거부한 채 떠나 버리고 마니까요.

이제 한스를 볼까요. 한스는 자신을 지키기 위해 어떤 방어기제를 사용했을까요? 불행하게도 한스에게서 나타나는 방어기제는 '신체화(somatization)'에 가까웠습니다. 신체화란 무의식의 갈등이 신체 증상으로 표현되는 거예요. 이유 없이 몸이 아프거나 심한 두통을 느끼는 것이 신체화의 대표적인 사례죠. 한스가 꾸준히 두통을 호소했던 것은 내적 갈등이 그만큼 극심했다는 뜻이었습니다. 그런데 신체화의 방어기제는 이를 알아차리고 적절한 처치를 해 줘야만 호전될 수 있습니다. 그대로 방치하면 우울증이 찾아오고 신경쇠약에 이르죠. 불쌍한 한스의 경우처럼 말입니다. 만약 한스가 적절한 방어기제를 익혔더라면, 자아를 지키며 잘 살아갔을지도 모릅니다.

BOOK 10

공동체 생활에서 규율은 꼭 필요한가

『열일곱 살의 털』

　˚요즘 중·고등학교에서는 머리 길이로 교사와 학생이 서로 갈등을 겪는 일은 거의 없습니다. 물론 염색이나 짙은 화장으로 갈등을 겪는 경우는 아직 남아 있죠. 더러는 교복을 단정하게 입었는지 그렇지 않은지를 가지고 실랑이를 벌이기도 합니다. 여러분도 잘 알겠지만, 교복을 자기 스타일에 맞춰 고쳐 입거나, 교복 대신 체육복을 입는 친구들이 꽤 있거든요.

　여하튼 학교에서는 여전히 용의를 단정하게 할 것을 주문하고, 청소년들은 규정에서 벗어나 자기를 드러내고자 합니다. 아마 이런 갈등은 쉽게 끝날 것 같지 않네요. 대체 어째서 기성세대는 단정함을 요구하고, 어째서 청소년들은 규정을 무시하는 것일까요?

시간을 거슬러 학교에서 머리털을 단속했던 시절로 되돌아가 봅시다. 두발 단속의 갈등을 사실적으로 그린 김해원 작가의『열일곱 살의 털』을 함께 읽어 보겠습니다. 소설은 2000년대 초반을 배경으로 삼고 있어요. 이 시절에는 용의 복장을 두고 기성세대와 청소년 사이의 갈등이 무척 심했죠. 소설을 읽으며 세대 간 갈등의 원인과 해법을 찾도록 해 보죠.

소설 속의 주인공인 열일곱 살 일호는 이제 막 고등학생이 되었습니다. 한평생을 이발사로 살아오신 일호 할아버지는 열일곱 살 머리카락에는 쓸모없는 욕망이 뒤엉켜 자란다며 일호의 머리를 바짝 자르죠. 아버지 없이 자란 일호에게 할아버지는 아버지나 마찬가지였어요. 일호는 머리가 짧게 잘려 서운했지만 신경 쓰지 않았습니다.

오정고등학교 입학 첫날, 간단한 의례가 끝나자 학생부장 선생 오광두는 대뜸 이렇게 소리쳤어요. "지금 바로 두발 검사를 시행한다. 오삼삼을 벗어나는 녀석은 자발적으로 튀어나오도록." 오삼삼은 오정고의 두발 규정으로 앞머리 5cm, 윗머리 3cm, 뒷머리 3cm를 가리키죠. 학생부장은 오삼삼을 어긴 학생들을 꿇어앉히고 말했습니다. "한 번은 실수일 수 있지만, 두 번은 반항이다. 반항하는 놈은 용서하지 않는다!"

입학식 다음 날 아침. 오광두는 교문 앞에 서서 두발을 검사했습니다. "신입생들은 그렇다 치고 2학년들! 너희는 절대로 용납할 수 없다. … 2학년들 앞으로 나와!" 오광두는 규정을 안 지킨 2학년 학생의 머리통을 거칠게 휘어잡더니 다른 손으로 바리깡을 들이댔습니다. 그 자리에서 머리를 깎기 시작한 것입니다. 그건 "이발이 아니라 괴발개발"이었습니다. 오광두의 바리깡은 학생들에게 폭력보다 무서운 수치심을 심어 주고 있었죠. 한편 머리를 짧게 자른 일호와 일호의 친구인 정진은 무사히 통과했습니다.

그런데 갑자기 오광두가 일호를 불러 세웠어요. "봐라. 바로 이 학생, 송일호처럼 머리를 깎아야 한다. 이 학생은 가장 모범적인 두발 형태를 했다. 눈 크게 뜨고 봐라!" 결국 일호는 난데없이 범생이가 되어 다른 학생들의 비웃음을 사고 맙니다. 할아버지에게 이끌려 머리를 잘랐을 뿐인데 말이죠.

일호는 짧은 머리 덕분에 선생님들에게 모범적인 학생으로 인정받습니다. 하지만 일호는 친구들과 다르게 보이는 게 영 내키지 않았습니다. 그러던 어느 날 체육 교사가 체육복을 입지 않았다는 이유로 한 학생의 뺨을 후려치는 일이 벌어졌죠. 그런데 그게 끝이 아니었습니다. 머리가 길다면서 느닷없이 불이라도 붙일 기세로 라이터를 학생의 머리에 갖다 댄 거예요. 그 모습을 지켜보던 일호는 갑자기 할아버지 말씀이 떠올랐습니다. "머리칼은 네 자신을 나타내는 징표야. 머리칼을 함부로 다루는 것은 네 자신을 망가뜨리는 것과 같다." 일호는 체육 교사에게 달려들어 라이터를 빼앗았습니다.

이 일로 일호는 상담실에서 사흘 동안 열다섯 장의 반성문을 써야 했습니다.

두발 규제는 더욱 심해졌습니다. 학생들의 저항도 만만치 않아 서 학생회의 때 두발 규제를 폐지해야 한다는 의견도 나왔죠. 하지 만 학교는 이를 묵살하고 벌점제를 도입하겠다고 으름장을 놓았습 니다. 이 소식을 들은 일호는 인터넷을 뒤져 두발 규제 반대 시위를 한 학교들을 찾아냈습니다. 그러고는 용기를 얻어 친구들과 함께 시위를 준비합니다.

하지만 시위는 시작도 못 한 채 발각이 됩니다. 시위 때 쓰려던 유인물이 체육 선생의 손에 들어가게 되면서, 결국 일호와 그 친구 들은 모두 잡히게 되죠. 체육 선생의 한바탕 매타작이 끝난 뒤, 학 생부장은 부모님들께 연락을 합니다.

이때 놀라운 일이 생깁니다. 학생부장의 전화를 20여 년 동안 해 외를 떠도느라 집에 없었던 일호 아버지가 받은 것입니다. 마침 그 날, 일호 아버지 송충만 씨가 돌아온 거예요. 더 놀라운 것은 일호 아버지가 일호의 행동을 지지하기 위해 학교를 찾아간 일이었습니 다. 일호 아버지는 학생부장에게 당당히 말합니다.

"저는 지금까지도 두발 규제를 한다는 걸 알고 놀랐습니다. 두발 규제라니요, 학교에서 아이들 머리를 멋대로 밀어 버린다니요. 참 기가 막힙니다. 이런 일은 6, 70년대에 끝냈어야지요. 21세기 아이들에게 전근대적인 규제가 가당하기나 합니까? 이런 환경에서 미래지향적이고, 창의적인 인재를 육성할 수 있겠습니까? 게다가 선생님들께서 바리깡으로 머리를 미는 행위는 반인권적입니다. 국제인권위원회에 제소할 만한 일이지요."…

"… 인간은 누구나 자유를 지향합니다. 열일곱 살이라면 이 정도는 누구의 사주를 받아서가 아니라 스스로 생각하고 행동할 수 있습니다. 저는 우리 애 행동이 크게 문제가 되지 않는다고 봅니다. 설령 시위를 했다 하더라도 말입니다. 도리어 시위는 선생님들께서 학생들의 생각을 들을 수 있는 기회가 되었을 테고, 그 뒤 함께 이 문제를 논의해 개선 방향을 찾아 나갈 수 있었을 겁니다. 안 그렇습니까?"

— 김해원, 『열일곱 살의 털』(사계절)에서

일호는 갑자기 나타난 아버지 때문에 심경이 복잡했지만 자기 뜻을 알아봐 준 아버지가 싫지는 않았어요. 하지만 그 결과 징계 수위는 더욱 높아져 일호는 정학 처분을 받게 됩니다.

이러한 아버지의 지지 덕분이었을까요? 정학을 당한 뒤 집에서 하릴없이 지내던 일호는 다시 일어섭니다. 피켓을 들고 학교 앞에서 두발 규제 반대 1인 시위를 펼친 것입니다. 일호의 1인 시위. 학생들은 내심 지지했지만 누구 하나 같이하지는 않았습니다. 시위에 지쳐 갈 즈음, 도심 재개발 문제로 관청에 다녀오던 할아버지가 마침내 일호를 발견합니다. '두발 규제 폐지'라는 피켓을 든 일호를 보고, 이발사인 할아버지는 큰 충격을 받게 됩니다.

　다음 날, 할아버지는 일호와 일호 아버지를 앞세우고 학교를 찾았습니다. 학교에 선처를 부탁하려는 생각이었죠. 그런데 그때 할아버지는 희한한 광경을 보고 맙니다. 학생부장이 바리캉으로 아이들의 머리에 수치심을 심고 있었던 것입니다. 그 광경을 본 할아버지는 깊이 탄식하고, 교장을 만나 그 학생들 머리를 잘라 주겠다고 말하죠. 그러고는 엉망이 된 학생들의 머리에 별 모양을 만들어 주었습니다. 곧바로 교장이 쫓아와 당장 그만두라고 소리치자, 할아버지는 교장에게 이런 말을 했습니다. 할아버지가 젊었을 때 여러 명의 학생이 두발 단속에 걸려 머리를 깎이고 와서, 머리 꼭대기에 별 모양을 만들어 달라고 한 적이 있었습니다. 그때 한 학생이 할아버지께 '내 자식들 머리는 마음대로 하게 놔둘 거예요. 아이들 의견을 존중해 줄 거라고요.'라는 말을 했다고 합니다. 할아버지의 말에 교장은 눈이 동그랗게 커지면서 무척 당황합니다. 자, 결말은 어떻게 되었을까요?

규율은 꼭 필요한 것일까?

소설을 읽으면서 옛날이야기라는 느낌이 들었어요. 요즘에도
이런 일이 일어날까요?

　요즘 학교의 풍경은 꽤 달라졌죠. 적어도 학교에서 머리 길이를
단속하지는 않으니까요. 하지만 여전히 염색이나 파마는 허용하지
않고, 복장에 대한 규율이 남아 있는 학교도 있어요. 교복을 제대로
안 입으면 선생님들께 지적을 받죠. 학생들은 '제발 머리 모양이나
옷 입는 것 가지고 참견하지 않았으면' 하고 바랍니다. 청소년들이
외모에 신경을 쓰는 것은 사실은 성인으로 성장하는 과정에서 필연
적으로 이루어지는 일이에요. 생물학적으로 호르몬의 변화가 일어
나서 이성에 대한 관심이 높아지고, 그러다 보면 자기 외모를 다른
사람들보다 더 잘 꾸미고 싶은 마음이 드는 것은 당연한 일이죠. 동
물들의 세계에서도 짝짓기 시절이 되면 온갖 방법으로 자기를 드러

내려고 하지 않습니까? 인간에게는 그 시점이 사춘기부터 시작되죠. 외모를 차별적으로 나타내려다 보니 튀는 복장, 짙은 화장도 서슴지 않고 시도하는 거라고 봐야 합니다. 기성세대는 이 모습을 받아들이기 어려운 것이고요.

그럼 청소년들의 용의나 복장을 규제할 필요가 없다는 말씀이신가요?

꼭 그렇다는 말은 아니에요. 저는 어느 정도의 규율은 필요하다고 생각해요. 물론 『열일곱 살의 털』처럼 학생 인권이나 자존감을 억압하면서 두발을 규제하는 것에는 반대합니다. 하지만 규율 자체를 없애는 데는 신중해야 할 필요가 있어요.

우리는 왜 규율을 정할까요? 그것은 공동체 속에서 함께 살아가기 위한 일종의 배려라고 할 수 있습니다. 만약 청소년들에게 머리 모양이나 복장에 대해 무작정 자율을 준다고 가정해 보세요. 자신은 개성을 뽐낸다고 생각할 수 있지만 타인의 눈살을 찌푸리게 할 수도 있고, 때로는 값비싼 의류나 장식으로 위화감을 줄 수도 있겠죠. 아무리 개성이 중요하다고 해도 많은 친구들과 함께 생활하는 교실에서는 서로에 대한 배려가 필요합니다. 그러니 의복이나 두발은 어느 정도 규율이 있어야 해요.

규율이 인간이 마땅히 누려야 할 신체에 대한 자유를 침해할 수도 있지 않나요?

사람이라면 누구나 자기 신체에 대해 권리를 가져야 해요. 적극 동의합니다. 더군다나 신체에 대한 규율은 그것만으로 끝나지 않아요. 소설에 나오는 체육 선생을 봅시다. 복장을 문제 삼아서 학생들의 의식이나 인격까지 판단하고 있죠. 머리 길이, 옷 입는 방식을 규제하는 것도 문제지만 그보다 그 규율을 통해서 정해진 표준을 일방적으로 따르도록 만드는 게 더 문제입니다. 표준에 맞지 않으면 불량, 맞으면 건전하다고 판단하는 게 진짜 문제인 거죠. 주인공 일호가 자기 머리는 규정대로 자르면서도 두발 규제 폐지를 주장한 것을 보세요. 일호는 두발 규제 안에 인격을 길들이려는 의도가 숨어 있다는 사실을 알아차렸다고 할 수 있어요. 신체의 자유는 침범해서는 안 되는 권리라고 생각합니다. 사회에서 일방적으로 표준을 강제한다면 그것은 전체주의 사회나 다름없겠죠.

그런데 앞서 이야기했듯이 아무리 자기 신체라 해도 타인에게 혐오감이나 불쾌감을 주는 일은 삼가야 합니다. 나체로 거리를 활보하게 놔둘 수는 없잖아요. 게다가 청소년들이 주로 생활하는 공간은 사회가 아니라 학교입니다. 저는 학교에서는 규율이 필요하다고 봅니다. 학교는 '교육'이라는 특정한 목표를 가진 구성원이 모인 곳입니다. 일반적인 사회와는 다르죠. 공동생활을 하는 곳에서는 좀 더 분명한 규칙이 필요합니다. 그렇지 않으면 공동생활 자체가 어려워지거든요. 불쾌감, 혐오감을 유발하거나 위화감을 조성한다면, 이는 구성원 사이에서 불필요한 마찰을 일으킬 수 있어요. 따라서 타인에게 피해를 주지 않는다는 규율은 있어야 합니다.

그렇다면 학교 같은 공동체 안에서는 규제를 계속 유지해야 한다는 말씀이시죠?

그렇습니다. 그런데 규율을 만들 때는 반드시 그것이 왜 필요한지에 대한 사전 동의와 교육이 필요하다고 봅니다. 지금 우리 현실은 사전 동의나 교육보다는 강요와 처벌을 통해 학생들에게 규율을 주입하고 있죠. 그러다 보니 불필요한 규율이 많고, 학생들도 규율의 필요성을 느끼지 못하는 것입니다.

필요한 규율이라면, 그것이 누군가를 억압하거나 길들이려는 게 아니며, 타인을 배려하는 의미에서 지켜야 한다는 점을 반드시 알게 해 줘야 한다고 생각해요. 소설 속의 '오삼삼'처럼 아무런 설명이나 설득 없이 무작정 강요하는 것은 정말 큰 문제입니다. 미리 정해진 규율이 있다면 그것이 어째서 정해졌는지 설득해야 하고, 이를 구성원 다수가 받아들일 수 없다면 토론을 거쳐 새로운 규율을 만들어야 합니다. 규율을 개정하는 회의를 정기적으로 개최할 필요성이 있는 것입니다.

가업과 전통은 반드시 이어 가야만 할까?

이 소설에서 가장 이해하기 어려운 인물은 일호의 아버지 송충만 씨였습니다. 20년 넘게 부모 곁을 떠나, 가끔 엽서만 보내다가 갑자기 나타났어요. 어떻게 생각해야 할까요?

작품을 읽다 보면 처음에는 일호 아버지가 돌아가셨다고 생각하게 됩니다. 작가가 미스터리와 반전을 노리며 독자들에게 긴장감을 선사한 것이죠. 송충만 씨를 이해하기 위해서는 그가 집을 나간 시점에 주목을 해야 합니다. 사춘기 때 집을 나가는 것과 20대, 30대, 40대, 혹은 더 나이가 들어 가출하는 것이 같은 이유 때문이라고 보기는 어려우니까요.

송충만 씨가 집을 나선 것은 20대였습니다. 20대는 뭔가 이상을 꿈꾸는 푸릇푸릇한 시절이라고 해야겠죠. 그런데 20대의 송충만 씨는 꿈 많은 푸릇푸릇한 시절을 기대하기 어려웠어요. 왜냐하면 송충만 씨의 아버지이자 일호의 할아버지인 송명관 씨는 대대로 이발업을 이어 오고 있었고, 우리나라 최초의 이발소를 지켜 간다는 자부심이 대단한 분이었거든요. 자연스럽게 가업이 송충만 씨에게 이어질 차례였죠. 그러니 자식으로서 부담감이 상당했을 것입니다. 가업을 이어 가야 한다는 생각에 짓눌렸을지도 모르죠.

하지만 송충만 씨는 집을 나서기 전까지 특별히 반항적인
행동을 한 것도 아니었잖아요?

맞아요. 그래서 가족들의 충격이 더 컸을 것입니다. 그만큼 송충
만 씨의 내적 갈등도 꽤 컸을 거고요. 이발소의 전통을 살려 나가기
위해 자기 젊음을 바치는 것이 전혀 내키지 않았겠죠. 게다가 시대
가 변해서 이발업에 대한 사회적 인식도 많이 변했으니까요. 그뿐
아니라 작품 속에 간접적으로 제시된 것처럼 젊은 시절 송충만 씨
가 소설책도 꽤나 좋아하고, 각종 잡지와『먼 나라 이웃 나라』같은
책을 읽었던 것으로 봐서, 세상에 호기심이 참 많은 사람인 것 같습
니다. 그런데 이발소를 물려받아야 된다는 생각에 마음이 답답했을
거고, 그래서 떠돌이의 삶을 선택한 게 아닌가 합니다.

가업을 잇는 것이 그렇게 어려운 일인가요? 다른 나라에서는
가업을 잇는 것을 자랑스럽게 여기기도 하던데요.

가업을 잇는 일이 꼭 개인의 삶을 옥죄거나 억압하는 것은 아니
겠지요. 유럽이나 가까운 나라 일본을 보면 몇 대째 가업을 이어받
는 경우가 정말 많으니까요. 게다가 가업을 잇는 사람들의 모습을
보면 자기 직업에 대한 자부심이 대단히 높아요. 어릴 때부터 보고
듣고 느꼈던 일이니만큼 다른 사람들보다 훨씬 더 그 일을 잘할 것

이고, 나름대로 남들이 못 가진 노하우도 쌓였겠죠.

하지만 아무리 좋은 가업이라 해도 그 일에 흥미를 느끼지 못하면 어쩔 수 없어요. 게다가 우리나라는 유럽이나 일본처럼 가업을 잇는 문화가 잘 형성되어 있는 것도 아니니까요. 사실 직업에 귀천이 없다는 말은 적어도 우리나라 현실에서는 받아들여지기 어렵지 않을까요? 우리나라에서 가업을 잇는 일이 적은 이유는 뭘까요? 이발소나 중국집이나 수제 구두를 만드는 사람들을 떠올려 보세요. 현실적으로 가업을 잇는다 해도 사회적으로 성공하기는 매우 어렵습니다. 사회에서 인정받거나 경제적으로 넉넉한 삶을 보장받는 것도 아닌데 명분 때문에 가업을 잇기는 어렵다고 봅니다. 개인의 삶이 불행해질 수도 있으니까요. 어떤 일을 하더라도 그 일에 자부심을 느낄 수 있는 사회가 만들어진다면 가업을 잇는 사람들이 지금보다는 훨씬 많아질 것이라고 생각합니다.

가업을 잇는 것은 정말 어려운 일이군요. 그럼 몇 대째 가업을 잇는 일이 한국 사회에서는 불가능한 것인가요?

꼭 불가능하지는 않겠죠. 그러나 정말 많은 노력을 기울여야 한다고 생각해요. 만약 일호 할아버지처럼 예전 방식 그대로 이발소를 운영한다면 사람들에게 외면을 받겠죠. 전통이나 가업을 단순히 과거로부터 물려받은 것이라고만 생각하면 현실과 동떨어진 시대

착오적인 일만 거듭하게 될 것입니다.

전통이나 가업을 지켜야 할 것이 아니라 새롭게 창조해야 할 것으로 받아들인다면 이야기는 달라지겠죠. 과거의 것을 오늘날에 맞게 창조적으로 변화시킨다면 가업이 되살아날 가능성은 있다고 생각합니다. 예를 들어 일호의 조상들이 일궈 놓은 이발업의 전통에 송충만 씨의 젊은 감각을 덧붙인다면, 대한민국에서 가장 유명한 헤어숍을 만들 수도 있지 않을까요? 패션이나 디자인을 접목해 사업을 더욱 확장할 수도 있고, 노력에 따라 해외로 진출할 수도 있겠죠. 또한 외국을 다니면서 얻은 창의적인 아이디어를 접목할 수도 있을 것입니다. 이런 점에서 가업의 의미를 폭넓게 해석한다면 이를 이어 나갈 가능성은 충분히 있다고 봅니다.

욕망과 금기는 어떤 관계?

소설 『열일곱 살의 털』에서 털은 단순히 털이 아니라 욕망을 상 징한다고 할 수 있어요. 일호 할아버지가 '열일곱 살 머리카락에는 쓸모없는 욕망이 뒤엉켜 자란다'고 말했던 것처럼 말이죠. 따라서 이 소설은 단순히 머리카락 길이가 아니라, 인간의 욕망과, 그 욕망 을 억제하는 금기를 다룬 소설이라고 할 수 있습니다.

소설 속 주인공 일호는 열일곱 살입니다. 작품에 쓰여 있듯이 이 나이 즈음에는 세상 밖을 기웃거리는 온갖 욕망들이 들끓게 마련 이죠. 대체 욕망은 어떻게 생겨나는 것일까요? 가장 간단한 욕망을 예로 들어 볼까요? 사람에게 가장 기본적인 욕망은 먹고 입고 자는 것입니다. 여러분은 언제 뭘 먹고 싶다는 생각을 하나요? 당연히 배 가 고플 때겠죠. 그리고 어디선가 달콤한 냄새가 날 때도 식욕이 생 깁니다. 조금 추상적으로 말한다면 욕망은 결핍을 느낄 때 생기게 됩니다. 작품 속 일호를 보세요. 어릴 때 남들은 다 있는 아버지가 없어서 아버지와 함께하고 싶은 욕망이 생겼던 것입니다.

사람이 느끼는 결핍이 다양한 만큼 욕망도 다양합니다. 어릴 때는 주로 맛있는 음식을 먹고 싶다는 생물학적인 욕망을 느끼지만, 성장할수록 정신적인 욕구가 생겨납니다. 사회적 관계가 넓어질수록 더 많은 결핍을 느끼기 때문입니다. 부모의 보호로부터 벗어날 무렵이 되면 이성에 대한 욕망이 생기기도 하고, 자아를 실현하거나 누군가에게 인정받으려는 욕망도 나타납니다. 때로는 권력과 출세에 대한 욕망, 재물에 대한 욕망도 생깁니다. 욕망이 충족될 때 사람은 만족을 느낍니다. 결핍으로부터 자유로워지죠. 소설 속 일호처럼 머리를 기르고 싶은 욕망이 충족될 때 자유를 느끼듯이 말입니다.

욕망들 중에는 기존의 규율이나 금기와 충돌하는 것도 있습니다. 때로는 폭력이나 파괴, 지배에 대한 욕망도 생길 수 있죠. 소설 속 체육 선생도 그런 경우입니다. 만약 사람의 욕망을 그대로 둔다면 어떤 일이 벌어질까요? 강자만이 살아남는 정글 같은 세계가 펼쳐질 거예요. 그래서 사회에는 욕망을 적절히 통제할 수 있는 약속이 필요합니다. 그 약속을 '금기'라고 하죠. '살인하지 말라, 간음하지 말라, 도둑질하지 말라' 등 성서의 십계명이나 고조선의 팔조법, 바빌로니아의 함무라비법전 등은 인류가 고안해 낸 대표적인 금기들이에요. 이런 금기가 없다면 공동체는 유지되기 어려웠을 것입니다. 우리가 아는 도덕과 법률 등은 모두 욕망을 통제하는 금기라고 할 수 있어요. 현실 세계에는 수많은 욕망 못지않게 수많은 금기들이 작동하고 있는 것입니다.

그런데 금기가 지나치게 엄격하거나 혹은 불필요하게 많다면 어떻게 될까요? 예를 들면 조선 시대 금기 중 하나가 과부의 재가를 금지하는 것인데요. 당대에는 남편을 잃은 많은 여성들이 어려움을 겪으며 살았습니다. 외로움은 물론이고 생계에 위협을 받으면서 삯바느질로 겨우 끼니를 연명하기도 했죠. 『구운몽』의 작가 김만중의 어머니 윤씨 부인도 이른 나이에 남편을 잃고 남의 집일을 해 주며 자식들을 어렵게 키웠습니다. 지금은 말도 안 되는 금기가 그 당시에는 버젓이 사회를 유지하는 금기로 작용했던 것입니다. 이외에도 지나치게 엄격한 금기가 인간의 행복과 자유, 생존마저 위협하는 경우는 종종 있었죠. 공동체를 위해 생긴 금기가 거꾸로 사람을 억압한 것입니다.

이렇게 억압된 욕망은 소멸하지 않고 무의식에 쌓여 또 다른 문제를 일으키곤 합니다. 이를테면 우울증이 찾아올 수 있고, 신경쇠약에 걸릴 수도 있습니다. 스트레스가 지속되면 충동적이고 공격적인 성향을 띠기도 하죠. 쉽게 말해서 크고 작은 정신 질환에 시달리게 되는 것입니다. 따라서 욕망이 과도하게 억압당하지 않도록 금기를 조절해야 할 필요가 있습니다. 그렇다면 금기를 조절해야 할 필요성은 누가, 어떻게 제시해 줄 수 있을까요?

히스테리 환자들을 진료하면서 인간의 정신세계를 분석한 지그

문트 프로이트는 현실에서 이룰 수 없는 욕망이 꿈을 통해 드러난다고 보았습니다. 유명한 그의 책『꿈의 해석』에서, 프로이트는 억압된 욕망이 변형, 왜곡 과정을 거쳐 꿈으로 나타난다고 말했죠. 따라서 꿈을 해석하면 그 사람이 갖고 있는 욕망이 무엇인지 알 수 있다고 주장했어요. 물론 이 같은 프로이트의 이론은 과학적 오류가 있다는 사실이 후대에 와서 밝혀졌습니다. 하지만 그가 만든 정신분석학은 현대의 문학과 예술에 지대한 영향을 미쳤습니다. 문학가와 예술가들이 앞다투어 자기 작품에 프로이트 이론을 반영했거든요. 지금 우리가 접하는 예술이나 문학 작품 가운데에도 억압된 욕망이 반영되어 있는 것들이 많습니다.『열일곱 살의 털』처럼 말이죠.

문학과 예술은 우리에게 묻습니다. '우리가 지금 지키고 있는 금기가 적당한 거야?'라고요. 억압이 심해서 많은 사람들이 마음에 병을 얻고 생존에 고통을 받는다면, 이 금기를 바꿀 시점이 된 게 아닌지 끊임없이 되물어 주는 것, 그것이 바로 '문학'과 '예술'의 역할 중 하나가 아닐까 합니다.

이상 세계,
그 존재 의미를
생각하다 ...

이상 세계의 실현, 그 꿈을 향한 도전
『기억 전달자』

°인간의 학명(學名)은 무엇일까요? 언어적 인간을 뜻하는 '호모로퀜스(Homo loquens)', 도구적 인간을 가리키는 '호모파베르(Homo faber)' 등, 다른 동물과 달리 인간만이 지닌 특징을 나타내는 학술적인 명칭에는 여러 가지가 있어요. 그중 대표적인 것을 꼽으라면 생각하는 인간, '호모사피엔스(Homo sapiens)'라 할 수 있죠. 생각하는 힘! 곧 인간은 이성을 지니고 살아간다는 뜻입니다.

그런데 합리적이고 이성적인 존재들이 어째서 갈등과 다툼, 전쟁을 일으키는 것일까요? 그 까닭은 인간이 만족 대신 '결핍'에 민감하기 때문이에요. 결핍은 욕망을 낳고, 욕망은 탐욕으로 이어지죠. 그리고 그런 탐욕이 서로 충돌할 때, 갈등과 다툼, 전쟁이 일어나게 됩니다. 이 순간에는 합리적인 이성이 더 이상 기능하지 않고 멈춰 버리죠. 그렇다면 갈등이나 다툼, 전쟁을 없애기 위해 '욕심'을 없앤다면 어떻게 될까요? 합리적으로 생각하는 이성의 힘을 극대화시킨다면 인류가 당면한 여러 문제가 사라지지 않을까요?

우선 가장 눈에 띄는 변화는 비만이 사라질 것입니다. 먹는 욕심이 사라지고 적당한 음식에 만족하면 만병의 근원인 비만부터 사라지겠죠. 살이 쪄서 입을 수 없었던 예쁜 옷도 입고, 참 좋을 것 같지 않나요? 그뿐인가요? 시간이 지나면서 불평등도 없어지고 빈부 격차도 사라질 것입니다. 범죄가 생길 이유도 없고 전쟁은 더더구나 일어나지 않겠죠. 입시 지옥 같은 경쟁을 비롯해서 모든 경쟁이 사라질 거예요. 자, 어떤가요? 이런 세상, 경험해 보고 싶지 않은가요?

물론 현실에서 이런 세상은 만날 수 없겠죠. 인간의 욕심을 없애는 것은 불가능하니까요. 하지만 사고실험을 하듯 욕심 없는 세계를 머릿속으로 만들어 볼 수는 있습니다. 『기억 전달자』처럼 말입니다.

『기억 전달자』는 미국의 청소년 문학을 대표하는 작가 로이스 로리가 쓴 소설로, 1993년에 발표되어 현재까지 꾸준히 사랑받고 있는 스테디셀러입니다. 감정과 욕망이 통제되고, 합리적이고 효율적인 시스템이 사회의 안전과 평화를 유지하는 유토피아 같은 세상이 소설 속에 그려져 있습니다.

전쟁도, 사회적 갈등도, 폭력이나 빈부 격차도, 불평등도, 가난과 열등감도 온전히 사라진 미래의 어느 마을. 주인공 조너스는 12월이 가까워 올수록 초조함을 느낍니다. 잠시 조너스가 사는 마을 이야기를 해 볼게요. 그가 사는 마을은 규칙과 질서가 잘 잡혀 있는 매우 조화롭고 안전한 곳입니다. 사소한 실수를 한 사람들은 곧바로 사과를 해서 용서를 받고, 심각한 규칙 위반을 한 이들은 그 임무가 해제된 뒤 마을에서 조용히 사라지죠. 그러므로 마을의 조화가 깨질 염려는 전혀 없어요.

마을 사람들은 저마다 기초 가족을 유지하며 살아갑니다. 기초 가족이란 혈연이 아닌 사회가 정해 준 구성원들로 맺어진 가족 집단이에요. 거의 모든 기초 가족이 비슷한 삶을 살아가는 까닭에, 타인을 질투하거나 시기할 이유가 없습니다. 직업에 따른 차별도 없죠. 직업은 개인의 의지로 정해지지 않고 원로들이 모인 마을 위원회가 결정해 줍니다. 소년, 소녀의 성장을 오랫동안 관찰해 온 결과를 가지고 각자에게 적합한 직위를 정해 주죠. 바로 그 일, 각자가 사회의 일원으로서 직위를 맡게 되는 그 의식 때문에 조너스는 초조합니다. 이번 기념식에서 조너스의 직위가 결정될 예정이거든요.

기념식 날, 조너스는 같은 또래 아이들이 위원회로부터 직위를 받는 모습을 지켜보았습니다. 말썽쟁이 친구 애쉬는 오락 지도자, 사려 깊은 피오나는 복지사가 됐고, 다른 친구들도 각자 의사나 공학자, 산모 등 다양한 직위를 받았죠. 마침내 조너스의 직위도 결정되었습니다. 그것은 마을에서 가장 영예로운 직위인 '기억 보유자'였어요.

기억 보유자는 시민을 위해 과거 인류사의 모든 기억을 보유하는 사람입니다. 사실 이 마을 사람들은 인류의 과거를 기억하지 못합니다. 차별과 불평등, 갈등이 존재하는 과거의 세계를 기억했다가는 인간의 감정과 욕망을 불러일으켜 애써 유지하고 있던 조화가 깨질 수 있기 때문이죠. 하지만 공동체 안에서 새로운 사건이 발생했을 때, 그 해결책을 찾기 위해서는 과거의 지혜가 필요했어요. 그래서 마을에서 딱 한 사람만이 인류의 지난 과거를 기억해야 했죠. 그 일을 조너스가 맡게 된 것입니다.

조너스는 선임자로부터 제일 먼저 '썰매'와 '눈'에 대한 기억을 전달받습니다. '늘 같음 상태'의 기후에서 살아온 조너스에게 그것들은 신선한 경험이었어요. 그다음으로는 색깔의 기억을 부여받죠. 색의 차이 없이 명암만 존재하는 세계에서 살던 조너스는 사물들이 각각 고유의 아름다운 색을 지녔다는 사실에 놀라게 됩니다. 하지만 조너스에게 좋은 기억들만 전수된 것은 아니었어요. 굶주림, 폭력, 전쟁 등 고통스러운 기억도 있었죠. 선임자는 이런 기억들을 간직해야만 불확실한 미래에 닥칠 위험에 지혜롭게 대처할 수 있다고 말해 줍니다.

인류의 기억을 알아 갈수록 조너스는 혼란에 빠집니다. 특히 선임자가 자신이 가장 소중하게 여기는 '사랑'의 기억을 전달했을 때,

조너스는 더 이상 그 기억을 혼자만 간식해서는 안 된다는 것을 느끼죠. 아무리 위험한 일이 벌어진다 해도 따뜻한 사랑의 기억을 인류에게 되돌려 줘야 한다는 확신을 갖게 됩니다. 그래서 자신의 기억을 함께 나눌 사람으로 아직 아무 말도 못하는 어린 아기 가브리엘을 선택하죠.

"모든 게 바뀔 거야, 가브리엘. 모든 게 달라질 거야. 어떻게 그럴 수 있는지는 나도 몰라. 하지만 모든 게 달라질 수 있는 어떤 방법이 있는 게 틀림없어." 매일 밤, 조너스는 보육사인 아버지가 데려온 아기 가브리엘을 바라보며 속삭입니다. 가브리엘은 마을 공동체에서 보편적인 기준을 제대로 지키지 못하는 아기였어요. 밤에 깨어나 지나치게 자주 우는 버릇을 지니고 있었거든요. 조너스의 아버지가 데려와 밤에 푹 잘 수 있도록 적응하는 중이었지만 여전히 습관을 고치지 못해 얼마 후 아기로서의 임무 해제를 당해야 하는 처지에 있었습니다. 얼마 안 있어 마을에서 사라질 운명이었죠.

조너스는 가브리엘에게 자신이 받은 인류의 기억을 하나둘씩 넘겨줍니다. "보트 타기, 맑은 날의 소풍, 유리창에 떨어지는 부드러운 빗소리, 축축한 잔디 위에서 맨발로 춤추기." 가브리엘에게 즐거운 기억들을 갖게 해 준 것입니다. 그러면서 동시에 모든 인류에게 기억을 되돌려 줄 방법을 찾습니다. 여기에는 조너스의 당찬 고민이 들어 있어요. 조너스가 인류에게 간절히 주고 싶었던 기억, 그것은 사랑이었습니다. 마침내 조너스는 안정된 삶을 버리고 인류의 기억을 되돌리기 위해 마을을 탈출합니다.

『기억 전달자』는 현실에는 존재하지 않는 어느 미래 사회를 그리고 있습니다. 소설 속에 등장하는 사회에서는 합리성과 효율성으로 사회가 안전하게 작동되도록 모든 것이 계획되어 있죠. 그 대신 예측 불가능한 인간의 감정은 통제되고 있습니다. 청소년으로 성장하는 과정에서 느끼는 성욕도 약물로 통제되고 있으니까요. 이런 모습은 미래 사회를 다룬 작품들에서 자주 찾아볼 수 있는 내용입니다. 가장 대표적인 소설로는 올더스 헉슬리의 『멋진 신세계』와 조지 오웰의 『1984』를 들 수 있어요. 두 작품 모두 테크놀로지가 발달한 사회에서 인간의 감정은 통제되고, 규칙과 질서 속에서 사회를 안정시키는 것만이 최선의 가치가 되어 버린 상황을 그리고 있죠.

빅데이터로 인간의 행동이나 생각들이 파악되고 인공지능이 점점 더 가깝게 다가오는 현 시점에서, 미래 사회를 다룬 소설을 읽으며 어떻게 미래를 맞이할지 고민해 봅시다.

효율성과 합리성은 언제나 정당한가?

『기억 전달자』를 어떻게 읽으셨나요? 일반 독자로서 이 소설을 처음 접했을 때의 느낌을 말씀해 주세요.

저는 처음 이 소설을 읽었을 때, 미래의 모습을 그리고 있다는 느낌을 받지는 않았어요. 우리가 살아가는 일상과 크게 다르지 않았거든요. 가족도 있고 친구도 있고, 평화로운 공동체가 그려져 있으니까요. 그런데 중간부터 달라지더라고요. 사랑으로 아이를 낳는 게 아니라 위원회로부터 배정받는 것도 그렇고, 노인들이 가족과 분리되어 살아가는 것도 신기했어요. 또 직업을 스스로 선택하는 것이 아니라 사회로부터 부여받는 것도 우리가 살아가는 세상과 달랐죠. 첨단 과학기술이 나오지는 않지만 철저하게 계획된 사회였어요. 그래서 그런지 나중에는 비인간적이라는 생각이 들었어요. 모든 일들이 계획되어 있어서 예외가 없는 세상처럼 느껴졌습니다.

예외가 없는 세상? 소설 속에 등장하는 '늘 같음 상태'라는 말과 통하는 것인가요?

맞습니다. '늘 같음 상태'라는 말은 규칙에 예외가 없는 것을 가리킵니다. 마을의 공동체는 '늘 같은 상태'가 가장 효율적이고 합리적이라 보고 꾸준히 '차이'를 없애려 했던 것 같아요. 이런 상태는 한편으론 이해가 됩니다. 사실 우리가 살아가는 세계는 차이 때문에 비극이 생기는 경우가 많거든요. 피부색, 종교, 지역의 차이가 경제적인 불평등으로 이어질 때도 많고, 이 때문에 서로 갈등이 생기고 사회가 불안정하게 되니까요. 국제적인 전쟁도 모두 차이 때문에 생겨나죠. 어떻게 보면 차이를 없애는 것이 합리적이고 효율적일 수 있어요. 예외 없이 규칙이나 질서를 적용하면 모든 일이 계획대로 이루어지니까요. 표준을 정해 놓고 공장에서 물건을 찍어 내듯이 모든 일을 처리한다면 정말 효율적이겠죠.

그런데 사람은 특별합니다. 표준에 맞춰 태어나고 생각하는 존재가 아니죠. 그래서 사회에서 합리성과 효율성만을 추구하면 문제가 생길 수 있습니다. 예를 들면 공동체에서 차이를 없앨 때 대체로 무엇을 표준으로 삼게 될까요? 아마도 좀 더 많은 사람들이 지닌 것들, 또는 원하는 것들이 표준이 되거나, 그게 아니라면 좀 더 영향력이 있거나 권력을 지닌 사람들이 설정한 것을 표준으로 삼겠죠. 나머지 사람들은 싫든 좋든 따라야 하고요.

그럼 나머지 사람들은 자기 욕구나 의지를 펼치기
어렵겠는데요?

그렇죠. 자기 삶에 대한 결정권을 지니지 못한 거죠. 이 소설에서
가장 비극적인 장면은 무엇일까요? 저는 쌍둥이를 처리하는 과정
을 보고 소름이 끼쳤습니다. 둘 중에 한 아이가 '임무 해제', 곧 죽음
을 맞이하는 장면은 너무나 냉혹하게 느껴졌어요. 공동체를 유지하
려면 인구수를 조절해야 하고, 이를 위해 예상치 않게 태어난 아이
한 명을 결과적으로 죽이는 설정인데 너무하다는 생각이 들더군요.
인간은 누구나 자기 삶에 대한 결정권을 지녀야 하는데 그것이 사
라져 버린 거죠. 합리성이나 효율성을 지나치게 추구하고 다양성과
차이를 무시하면 적지 않은 희생이 뒤따르게 됩니다.

살인은 절대로 용납해서는 안 될 범죄죠. 아무리 사회의 이익을
먼저 내세운다고 해도요. 그렇다면 합리성이나 효율성을
추구하는 것이 잘못된 일인가요?

그건 아니에요. 표준을 너무 부정적으로만 봐서는 안 되죠. 만약
합리성과 효율성을 추구하지 않고 표준이 사라진다면, 사람들은 자
기 욕망대로 살아가겠죠. 그러다 보면 욕망이 충돌해서 갈등과 전
쟁, 범죄가 지금보다 훨씬 늘어날 것입니다. 게다가 인구가 지속적

으로 늘어 자원이 고갈되고 나중에는 모두 멸망할 수도 있죠.

우리가 따르는 법이나 제도는 일종의 합리적인 표준이라고 보는 게 옳습니다. 그러나 표준은 어디까지나 인간의 기본권을 침해하지 않는 범위에서 정해야 해요. 다시 말해서 표준 자체가 목표가 되면 안 된다는 거죠. 『기억 전달자』의 비극은 표준을 수단으로 보지 않고 목적 자체로 보았기 때문에 생겨난 것입니다. 표준을 지키기 위해 인간을 임무 해제시키는 일은 없어야겠죠.

사회는 꼭 안정되어야 하는가?

이제 다음 주제로 넘어갈게요. 독자들의 궁금증 가운데
조너스가 스스로 안정된 삶을 버린 이유에 대해서 질문이
많았어요. 정말 조너스는 왜 마을을 떠난 건가요?

일상생활에 만족하며 평범하게 살아가는 사람들은 조너스의 선택을 이해하기 어려울 것입니다. 많은 사람들이 안정된 삶을 누리기 위해 노력하거든요. 좋은 학교에 가서 좋은 직장을 잡고 여유롭게 살아가는 게 대다수 사람들의 욕망이죠. 요즘 학생들이 직업으로 학교 선생님이나 공무원을 선호하는 까닭도 안정된 삶을 위해서예요. 따라서 일반인이 조너스의 선택을 받아들이기는 쉽지 않죠.

조너스는 마을 공동체에서 살아가는 데에 아무 문제가 없는 친구였어요. 게다가 기억 보유자로서 마을에서 가장 영예로운 직위를 부여받았고요.

그런데 안정적인 삶이 성취감이나 행복감을 보장해 주지는 않아요. 생존을 보장해 주고, 삶에 대한 불안감을 줄여 줄 수는 있지만 그것이 성취나 행복으로 연결되지는 않죠.『기억 전달자』에서 그려놓은 '늘 같음 상태'의 세상은 아무리 시간이 흘러도 크게 바뀌지 않을 거예요. 모든 생활이 규칙과 질서에 의해 미리 정해져 있기 때문이죠. 따라서 사회는 변화가 없을 것이고, 세월이 흘러도 그날이 그날이겠죠. 끊임없이 반복되는 세계에서, 자기 의지를 실천하는 일은 불가능하고 또 성취를 느끼기도 어려울 거예요. 조너스는 그 틀을 깨뜨리고 싶었던 것입니다.

작품에서 구체적으로 어떤 부분이 변화를 가로막는다고 보시나요?

가장 인상 깊었던 부분이 세 곳 있어요. 먼저 열두 살이 되어 직위를 맡는 장면입니다. 열두 살이면 청소년 시기인데, 사실 이 시기 이후에도 사람은 많은 변화를 겪어요. 수학에 흥미와 관심이 있다가도 글쓰기에 재능을 보일 수도 있고, 논리적인 분석력이 있다가도 감성적인 성격으로 변할 수도 있죠. 그런데 이 마을에서는 직위가 한번 정해지면 이를 계속 수행해야 하니 변화를 기대하기 어렵죠.

둘째, 성욕을 조절하는 약을 먹는 부분입니다. 성욕이란 사랑을 육체적으로 느끼는 것을 말해요. 이를 조절한다는 것은 사랑을 하면서 겪게 되는 삶의 변화를 인정하지 않는다는 의미입니다.

셋째, 꿈을 검열하는 부분이에요. 이 소설에서는 지난밤 꿈에 대해 가족끼리 이야기를 나누는데, 어떤 꿈을 꾸느냐를 가지고도 적절했는지 여부를 살핍니다. 그런데 꿈은 욕망의 반영일 수 있잖아요. 꿈을 검열한다는 사실은 결국 욕망을 억압하는 것이라 봐야겠죠. 인간의 자유로운 의지나 감정이 생겨나지 못하도록 철저하게 막았던 것입니다. 변화를 가로막고 안정된 사회를 이루기 위해, 마을 사람들은 맡은 역할만 수행할 뿐이었죠. 그래서 '사랑'보다 '성과'나 '효율'을 더 중요하게 여겼던 것입니다.

하지만 성과나 효율, 그 자체가 나쁜 것은 아니지 않나요?
그리고 저는 개인적으로 사회가 불안정하기보다 안정적인 것이 훨씬 좋을 듯한데요.

물론이죠. 무엇이든 지나친 것이 문제이지, 안정이나 효율, 성과 그 자체가 잘못된 것은 아닙니다. '지나치게' 성과나 효율을 중시해서 '지나치게' 안정적인 사회가 되어서는 안 된다는 거예요. 거꾸로 개인이 자기 감정이나 의지에만 지나치게 충실할 경우를 생각해 보세요. 모든 사람이 자기 감정이나 의지만 이기적으로 실천한다면, 불평등은 갈수록 심해지고 지역이나 세대 갈등은 더욱 증폭되겠죠. 과도한 경쟁에서 뒤처질까 봐 모두 전전긍긍하며 살 수도 있습니다. 사회 전체가 이런 상태에 빠지면, 공동체 자체가 파탄에 이르러 결국 그에 속한 개인의 삶도 힘겨워질 것입니다. 따라서 개인의 의지와 감정을 어느 정도 절제할 필요가 있는 거죠.

사실 우리 사회는 안정된 사회라기보다는 불안정한 사회에 더 가깝습니다. 유럽 사람들이 한국을 '다이내믹하다'고 말하는 데에는 그만큼 역동적이지만 불안하다는 뜻도 담겨 있어요. 서로 다른 욕망과 의지가 충돌하는 경우가 그만큼 많다는 것이죠. 싫은 것은 절대로 받아들이려 하지 않는 님비(NIMBY, Not In My Back Yard) 현상이나 좋은 것은 서로 차지하려는 핌피(PIMFY, Please In My Front Yard) 현상도 이런 욕망들이 작동하기 때문이라 할 수 있어요.

말씀을 듣다 보니 지나치게 안정을 이루는 것도, 지나치게 변화를 추구하는 것도 문제라고 보시는 듯한데, 서로 모순 아닌가요?

그렇게 들릴 수도 있겠군요. 저는 안정과 변화를 모두 추구해야 한다고 봐요. 우리가 공동체를 이루고 살아가는 한, 반드시 사회적 합의는 있어야 합니다. 하지만 그것이 너무 경직되어서는 안 된다고 생각해요.

『기억 전달자』의 세계는 안정 자체가 최우선 목표이기 때문에 그 어떤 변화도 용납하지 않아요. 무척 경직된 사회였던 것입니다. 이런 세상에서는 그 어떤 개인도 자신의 의지를 자유롭게 실천할 수 없어요. 저는 안정을 추구하되 각각의 개인이 자기 감정과 의지에 어느 정도 충실할 수 있도록, 사회가 탄력성을 가져야 한다고 봅니다. 그래야만 보다 나은 사회로 변화할 수 있어요. 더 나은 세계를 만드는 것은 기억 보유자 한 사람만의 지혜와 의지만으로 턱없이 부족하니까요.

『기억 전달자』와 플라톤의 『국가』

『기억 전달자』에는 갈등과 경쟁을 막고 평화롭고 이상적인 세계를 건설하고자 하는 인간의 욕망이 투영되어 있습니다. 사실 인류가 이상 세계를 갈망한 것은 아주 오래전부터입니다. 이를 보여 주듯 이상 세계를 가리키는 표현도 '천국', '극락', '무릉도원', '유토피아' 등으로 무척 다양하죠. 『기억 전달자』에 등장하는 미래 사회 역시 고대 그리스의 한 철학자가 꿈꾼 세계와 비슷합니다. 그 철학자는 바로 플라톤이에요. 플라톤이 『국가(Politeia)』에서 그린 유토피아는 소설 속에 묘사된 가상 사회와 많이 닮아 있습니다. 그럼 어떤 면에서 비슷한지 한번 살펴볼까요?

가장 유사한 점은 '분업'이 이루어지고 있다는 것입니다. 『기억 전달자』속 사회는 모든 사람에게 열두 살이 되면 각자의 특성에 맞는 직업을 정해 줍니다. 플라톤도 비슷한 주장을 했어요. 그는 시민들을 '생산계급(서민)', '수호계급(군인)', '통치계급(철인)'으로 나

231

누었습니다. 그리고 생산계급에게는 절제를, 수호계급에게는 용기를, 통치계급에게는 지혜를 각각 주문했죠. 그가 꿈꾼 나라는 특정 계급의 이익이 아닌 공동체의 행복을 목적으로 계획됐는데, 그 모습이 『기억 전달자』속 사회와 매우 유사합니다. 플라톤은 각자 자신의 직분에 충실하고 그 이상을 넘보지 않아야 한다며 엄격한 분업을 강조했어요. 당연히 이를 위해 개인의 사사로운 감정과 욕망을 절제해야 한다고 주장했습니다.

사회가 출산과 육아를 주도한 것도 비슷합니다. 『기억 전달자』속 아이들은 친부모가 누구인지 모르고 성장합니다. 기초 가족은 가족이라기보다 아이를 양육하는 소규모 국가 기관이죠. 플라톤의 『국가』는 더욱 엄격해서 사유재산과 가족제도를 철저히 제한합니다. 이곳 사람들 역시 자기 자식이 누구인지 알 수 없는데, 이로써 각 개인이 자신보다 공동체의 이익을 먼저 생각하게 만들죠.

그리고 통치계급도 무척 닮아 있습니다. 『기억 전달자』에서는 마을의 원로들이 위원회를 꾸려 공동체를 이끌어요. 또 이들보다 더 지혜로운 기억 보유자는 인류의 모든 기억을 바탕으로 미래에 닥칠 위기에 대응하죠. 이런 모습은 '가장 지혜로운 사람이 정치를 해야 한다'는 플라톤의 생각과 맞아떨어집니다.

그 밖에 정치가가 되는 과정도 유사해요. 소설 속 주인공 조너스는 선임자로부터 인간의 모든 경험을 물려받습니다. 수없이 많은 기억들이 융합되면 위대한 지혜로 이어질 수 있다고 본 것이죠. 플라톤의『국가』에서는 인류의 기억은 물려받을 수 없지만 정치인이 되려면 반드시 인간으로서 겪을 수 있는 온갖 것들을 경험해야 한다고 주장합니다. 구체적으로는 20세가 될 때까지 보통교육을 받고 군복무를 거친 뒤, 수학, 과학, 음악 등을 집중적으로 배우고, 다시 시험을 통과해 5년간 철학 교육을 받아야 합니다. 물론 이게 전부가 아닙니다. 15년 동안 실무적인 경험을 쌓은 뒤, 그중 살아남아 두각을 나타내는 인물이 국가의 중대사를 맡아야 한다고 말하죠. 소설에서 주인공 조너스가 전쟁이나 범죄와 같은 부정적인 기억까지 경험하면서 기억 보유자가 되는 것만큼이나 까다롭습니다.

현대에 발표된 소설의 설정과 약 2,500년 전 한 철학자가 그린 사회의 모습이 마치 '도플갱어'처럼 비슷합니다. 어쩌면 이렇게 비슷할 수 있을까요? 그 이유는『기억 전달자』속 사회와 플라톤의 이상 국가가 모두 효율성과 합리성을 최고의 가치로 추구했기 때문이에요. 플라톤은 대표적인 이상주의자로서 현실 세계는 이상 세계를 모방한 것에 지나지 않는다고 주장했습니다. 또 현실에서는 인간의 감각적인 경험들 때문에 이상 세계가 왜곡된다고 보았죠. 그가 떠올린 이상 세계에는 인간의 주관적인 감정이나 의지가 자리 잡을 수 없습니다. 시인이나 예술가조차 그가 생각한 국가에서는 존재할 수 없죠. 이 역시『기억 전달자』속 세상이 인간의 본성을 외면한 모습과 많이 비슷하죠?

인류가 이상 세계를 추구해 온 것은 어제오늘의 일이 아닙니다.

인공지능이 급속히 발전하고 있는 지금, 미래 세계에 대한 긍정적인 전망을 내놓는 일은 앞으로도 꾸준히 이어질 거예요. 그런데 그 과정에서 효율과 합리성만을 지나치게 앞세우거나 강조한다면 그 결말은 『기억 전달자』와 크게 다르지 않을 것입니다.

만약 플라톤의 이상 국가가 책으로 그치지 않고 현실에서 실현되었다면 어땠을까요? 인류가 자유와 행복, 사랑의 기쁨을 누릴 수 있었을까요? 아니면, 우리가 읽은 『기억 전달자』처럼 '디스토피아(dystopia)'의 세계가 펼쳐졌을까요? 아무리 갈등과 다툼, 전쟁이 없는 합리적인 이성이 지배하는 이상 세계가 실현된다 하더라도, '사랑'의 가치까지 포기할 수는 없겠죠. 사랑은 우리가 살아가는 이유이자, 우리 삶을 빛나게 하는 지상 최고의 가치니까요.

BOOK 12

차이를 거부할 때 권력은 부패한다
『동물 농장』

°1991년 사회주의 국가 소련(소비에트 사회주의 공화국 연방)
이 해체되었습니다. 러시아를 비롯하여 우크라이나, 조지아, 벨라루
스, 아르메니아 등 총 15개의 공화국으로 구성된 이 연방 국가는 드
넓은 영토와 강력한 군사력을 지닌 나라였죠. 무엇보다도 사회주의
이념에 의해 만들어진 최초의 국가였습니다. 귀족이나 자본가를 위
한 나라가 아니라, 노동자·농민의 이익과 그들의 의지를 대표하는
나라임을 만천하에 밝히고 있었죠.

소련은 특권층을 몰아내고 만들어진 다수 대중을 위한 나라이
니, 그 어느 나라보다도 이상적인 나라였을 거예요. 그런데 이처럼

이상적인 나라가 어째서 100년도 채우지 못한 채 역사 속으로 사라졌을까요? 국력이 약해서 다른 나라로부터 괴롭힘이나 침략을 당한 것도 아닌데, 어째서 스스로 무너져 내렸을까요? 적어도 『동물 농장』의 작가 조지 오웰은 그 까닭이 외부가 아니라 내부에 존재한다는 사실을 알고 있었던 듯합니다.

작가 조지 오웰은 사회주의를 지지하는 사람이었습니다. 그는 스페인에서 파시스트*인 프란시스코 프랑코가 내전을 일으켰을 때, 다른 나라에서 일어난 전쟁인데도 불구하고 스스로 군대에 입대하여 사회주의 편에 서기도 했습니다. 목숨을 걸고 파시스트에게 맞섰죠. 그랬던 그가 세계적으로 유명하게 된 시기는 아이러니하게도 사회주의 국가인 소련을 비판하는 『동물 농장』을 쓰면서부터였습니다. 어떻게 된 일일까요? 조지 오웰이 마음을 바꿔 사회주의에 등을 돌렸기 때문일까요, 아니면 소련이라는 나라가 무늬만 사회주의였던 것일까요?

『동물 농장』(우크라이나 판) 서문에서 오웰은 말합니다. "나는 사회주의 운동을 다시 일으키기 위해서는 '소련의 신화'를 파괴하는 일이 근본적으로 필요하다고 확신하게 되었다." 오웰은 사회주의를 버린 게 아니라 소련의 사회주의를 진정한 사회주의로 인정하지 않

● 파시즘을 신봉하는 사람들. 파시즘은 제1차 세계대전 이후 나타난 이념으로, 이탈리아의 정치가인 무솔리니가 주장한 국수적이고 권위적인 정치 이념을 말한다. 자유주의를 부정하고 폭력적인 방법에 의한 일당 독재를 주장하며, 지배자에 대한 절대적인 복종을 강요한다.

았던 것입니다. 더군다나 '소련을 파괴하는 일'이 필요하다고까지 밝힌 것을 보면, 오웰은 소련을 사회주의의 적이라고 생각했던 모양입니다.

대체 그는 어째서 소련식 사회주의를 그토록 혐오했던 것일까요? 그리고 초강대국이었던 소련이 어째서 그렇게 쉽게 무너졌을까요? 그 까닭은 『동물 농장』에 고스란히 나타나 있습니다. 조지 오웰은 소련의 사회주의를 동물 농장에 비유하여 신랄하게 비판하고 있어요.

영국의 한 시골 농장에서 자신이 기르던 동물들에게 농장 주인이 쫓겨나는 일이 일어납니다. 그동안 농장의 동물들은 마지막 힘이 붙어 있는 순간까지 일하다 참혹하게 도살당했어요. 이들의 희생은 생산하지 않으면서 소비만 일삼는 인간의 삶을 위한 것이었죠. 그런데 어느 날 현명한 돼지 메이저가 인간만 몰아내면 굶주림과 고된 노동에서 벗어날 수 있다고 동물들을 일깨웁니다. 그의 메시지는 동물들 사이에 퍼졌고, 때마침 사업 실패로 술독에 빠진 농장주 존스가 먹이마저 주지 않자 이를 계기로 반란을 일으킵니다.

인간을 내쫓은 동물들은 스스로 규칙을 만들어 자치를 시도합니다. 가장 영리한 돼지들이 이를 주도했죠. "무엇이건 두 발로 걷는 것은 적이다.", "어떤 동물도 다른 동물을 죽여서는 안 된다.", "모든 동물은 평등하다." 등, 동물들은 일곱 개의 계명을 만들고는 노동시간, 휴식시간도 토론을 거쳐 결정했습니다. 이들의 모습은 착취 계급을 내쫓고 새로운 세상을 만들려는 인간의 모습과 비슷했죠.

식량을 자급하기 위해 농장 동물들은 건초를 수확하는 일에 전념했습니다. 단, 돼지들은 육체노동 대신 농장을 운영하고 지휘하는 일을 맡았습니다. 그러던 어느 날 젖소들에게 곤란한 일이 벌어집니다. 인간에게 공급하던 우유를 더 이상 짜지 않으면서 젖이 탱탱 불어 버린 거예요. 결국 고통을 호소하는 젖소들을 위해 돼지들은 직접 우유를 짰습니다. 그런데 이렇게 생긴 다섯 통의 우유가 탐욕의 불씨가 되고 말아요. 더 이상 인간에게 내다 팔 일이 없으니 서로 나눠 마셨으면 좋으련만, 다른 동물들이 모두 건초를 수확하러 간 사이에 돼지들은 우유를 자신들의 사료 속에 은밀히 넣어 버립니다. 농장주를 몰아내며 완전히 사라질 것 같았던 '특권'이 다시 생겨난 거예요. 이와 함께 갓 피어나기 시작한 동물 농장의 이상도 무너지기 시작합니다.

특권을 맛본 이상, 그 달콤함에서 벗어나기란 힘듭니다. 탐욕스러운 돼지 나폴레옹은 자신에게 맞서며 토론을 즐기던 정의의 수호자 스노볼을 내쫓습니다. 그러고는 사나운 개들과 선동가 돼지들을 앞세워 농장을 장악해 나가죠. 나폴레옹은 인간과 사업을 하는 한편, 자신을 의심하는 동물들을 잔인하게 처형합니다. 이제 농장 동물들은 인간 대신 돼지들의 안락한 삶을 위해 노동하며 배고픔에 시달리는 신세가 됩니다. 그러면서도 나폴레옹이 자신들을 지켜 주고 있다는 착각에서 벗어나지 못합니다.

나폴레옹은 이제 그냥 단순히 나폴레옹으로만 호칭되지 않았다. 그에 대한 공식 칭호는 '우리의 지도자 나폴레옹 동무'로 바뀌었다. 돼지들은 그에게 '모든 동물의 아버지', '인간들이 두려워하는 존재', '양 떼의 보호자', '새끼 오리들의 친구' 등의 칭호를 갖다 붙였다. 스퀼러는 연설할 때마다 나폴레옹의 지혜와 선량한 가슴을 언급했다. 만방의 동물들, 특히 아직도 무지와 노예 상태 속에 살고 있는 다른 농장의 불행한 동물들에 대한 나폴레옹의 사랑을 이야기하며 눈물을 뚝뚝 흘리곤 했다.

어느새 무슨 일이 성공적으로 완수되거나 운수 좋게 잘 풀리면, 그 공로는 어김없이 나폴레옹의 것으로 돌려졌다. … 이런 농장의 전반적인 분위기는 미니무스가 지은 '나폴레옹 동무'라는 시에 잘 나타나 있었다.

"아비 없는 것들의 친구시며 / 행복의 샘이시여! / 마실 것의 주인이신 그대여! / 오, 내 영혼은 / 불타오르는구나! 침착하고 위엄에 넘친 / 하늘의 태양 같은 당신의 눈을 볼 때마다 / 아아 나폴레옹 동무시여!"

— 조지 오웰, 『동물 농장』에서

　탐욕스러운 인간을 농장에서 몰아냈지만, 평등이 찾아오는 대신 나폴레옹의 독재가 시작되고 말았습니다. 사나운 개들로 억압하고, 교활한 스퀼러로 체제를 선전하며 나폴레옹은 독재 권력을 만들어

낸 것입니다.

작가 조지 오웰은 이 작품을 통해 스탈린 시대의 소련을 풍자했습니다. 당시 소련은 사회주의를 표방했지만, 국가가 권력을 독점하면서 전체주의* 사회로 급속히 나아가고 있었어요. 스탈린은 정치적으로 반대파였던 트로츠키를 몰아냈으며, 비밀경찰을 통해 정권에 비판적인 언론과 지식인을 가차 없이 숙청했죠. 차이를 인정하지 않게 되면서 폭력의 재앙이 시작된 것입니다. 소련은 겉으로는 노동자, 농민을 위한 사회주의 국가를 표방했지만, 특권층을 위한 나라로 전락하고 있었어요. 미국과 같은 서구의 자유주의 국가에 맞서기 위해서 군사력을 키우고, 그만큼 국민들의 삶에는 소홀했죠. 그러니 조지 오웰이 보기에 소련의 사회주의 혁명은 실패한 혁명이었던 것입니다.

그렇다면 소련의 사회주의, 다시 말해 동물 농장의 혁명이 실패한 까닭은 무엇일까요? 권력에 대한 탐욕 때문일까요? 사실 욕심은 인간의 본능이라는 점에서 이를 완벽히 통제하기란 애초부터 불가능합니다. 그보다는 권력이 부패하는 것을 감시하고 비판하는 세력이 존재하지 않았다는 게 더 정확한 문제 인식이죠. 동물 농장에서 글을 깨친 부류는 돼지들뿐이었습니다. 스탈린 시대의 러시아 사회

●   '전체주의'는 개인의 모든 활동은 민족·국가와 같은 전체의 존립과 발전을 위해서만 존재한다는 이념 아래 개인의 자유를 억압하는 사상을 말한다. 이와 달리 '사회주의'는 사유재산제도를 폐지하고 생산수단을 사회화하여 자본주의 제도의 사회적·경제적 모순을 극복한 사회제도를 실현하려는 사상을 의미한다.

도 이와 비슷해 대중의 문맹률이 매우 높았죠. 대부분 농민이었던 이들은 권력층이 누린 막대한 특권과 교묘한 현실 조작에 대해 비판 의식을 갖지 못했습니다. 설사 생활이 어려워진다 해도 국가 주도의 경제 개발 덕분에 과거 봉건제 사회일 때보다는 살기 좋을 거라는 막연한 믿음을 가지고 있었어요. '사악한 정치'에 둔감한 군중에 의해 전체주의 사회가 완성되었다고 할 수 있죠.

동물 농장에서 돼지를 제외하고 글을 제대로 읽고 쓸 줄 아는 존재가 없던 것은 아니에요. 당나귀 벤저민은 글을 읽을 수 있었죠. 그러나 그는 처음부터 혁명에 큰 기대를 하지 않았습니다. 무엇을 해도 달라질 게 없다는 생각을 버리지 않았고, 돼지들이 계명을 조작하는 것을 뻔히 알고도 다른 동물들에게 알리지 않았죠. 혁명에는 냉소를 보냈고, 독재에 대해서는 무력했습니다. 패배주의적 사고가 그를 사로잡았던 거예요.

국가권력이 잘못된 방향으로 나아갈 때 가장 경계해야 할 것은 우리 안에 존재하는 패배주의와 냉소적인 태도입니다. 벤저민이 조금이나마 행동할 줄 아는 지식인이었다면, 마음속으로 존경하던 동료 복서의 죽음도 막을 수 있었을 거예요.

악행을 저지르는 자는 누구인가?

소설 『동물 농장』을 읽으면서 우리나라의 과거 정치 현실을
자연스럽게 떠올리게 되던데요. 이 소설에서 비판하는 내용이
우리나라 정치와는 관련이 없을까요?

『동물 농장』은 소련의 전체주의를 풍자한 소설이지만 우리 사회
도 오랫동안 독재를 경험했으니 당연히 우리나라 과거 정치현실을
떠올리지 않을 수 없겠죠. '이승만, 박정희, 전두환'으로 이어진 독
재 정부가 생각나지 않을 수 없습니다. 해방이 되고 이승만 정부가
들어서면서부터 정치적으로 뜻을 달리하던 많은 지식인들이 테러
에 의해 죽임을 당했어요. 김구, 여운형은 암살을 당했고, 조봉암은
심지어 간첩으로 몰려 사형을 당했으니까요.

뒤이어 등장한 박정희 정부 시절에도 민주주의를 부르짖던 많은
분들이 의문사를 당했습니다. 언론은 탄압을 받았고 국가의 이익을

최우선한다는 명분 아래 노동자, 농민들은 희생을 감수해야 했죠. 장시간 노동에 시달리던 노동자들의 모습은 『동물 농장』의 동물들과 다를 바 없었어요.

전두환 정부는 등장하면서부터 5·18 민주화운동을 폭력으로 진압했으니 더 언급할 필요가 없겠죠. 그 시절 특권층 중에는 권력을 남용하여 부정하게 재산을 모은 이들이 적지 않았습니다. 소설 속 독재자 나폴레옹은 동서고금을 막론하고 어느 사회에나 존재할 만한 캐릭터인 것이죠.

독재자 나폴레옹이 가장 위험하고 악한 인물이지만, 독재의 원인이 꼭 나폴레옹에게만 있는 것은 아니라고 봐야겠죠?

네, 맞습니다. 나폴레옹이 동물 농장을 망가뜨린 것은 분명하지만, 그 책임을 나폴레옹에게만 묻기는 어렵습니다. 우선 그를 추종하는 심복들로 인해 더 빠르게 전체주의 사회로 진행되었으니까요. 그 어떤 강력한 독재자도 혼자 힘으로 다수를 착취하고 억압할 수는 없습니다. 아돌프 히틀러 같은 인물만 해도, 당시 사회주의가 유행하던 독일에서 위기를 느낀 자본가들이 히틀러를 지지했기에 그의 독재가 이루어질 수 있었던 것이죠.

아무리 강력한 독재자라 해도 그를 지지하는 사람들이 없다면 권력을 얻는 것은 불가능해요. 나폴레옹의 간교한 대변자 스퀼러,

반대 세력을 처단한 사나운 개들, 나폴레옹을 찬양한 양 떼들이 존재하지 않았다면 나폴레옹은 독재를 할 수 없었을 것입니다.

그런데 동물 농장의 양 떼들은 스퀼러나 개들과는 성격이 다르다고 생각해요. 양 떼들이 나폴레옹을 찬양하기는 했지만 본래 평범한 동물들이었잖아요?

그렇죠. 양 떼들은 비판적인 능력을 갖추지 못한 시민들이라고 말할 수 있어요. 이들은 오랜 기간 나폴레옹과 스퀼러로부터 충성을 맹세하도록 교육받으며 자랐어요. 나폴레옹을 도운 양 떼들은 주어진 일에 그저 충실했을 뿐입니다. 다만 그들의 책임감이 강할수록 악랄한 착취와 핍박이 이뤄졌다는 게 비극이죠.

우리는 누구나 자신도 모르는 사이에 끔찍한 악행을 저지를 수 있습니다. 특히 자신보다 권위 있는 사람이 어떤 결정을 내리면 그에 따라가기 쉽지요. 제2차 세계대전 당시 히틀러에 의해 600만 명의 유태인이 학살당한 참극을 떠올려 보세요. 이때 유태인을 실제로 죽인 건 히틀러가 아니라 그의 밑에 있던 독일군 병사들이었습니다. 그런데 이 병사들은 광신도나 반사회적 성격 장애자가 아니라 상부의 명령에 순응한 지극히 평범한 젊은이들이었어요. 군복만 벗으면 선하고 친절해 보이는 이웃 청년들이었죠. 독일의 정치 철학자 한나 아렌트는 이러한 현상을 '악의 평범성'이라는 말로 규정하기도 했습니다. 선량한 시민들도 악을 저지를 수 있는 것입니다. 이를 막기 위해서는 늘 깨어 있는 비판적인 정신이 필요하겠죠.

한 가지 여전히 의문인 것은, 본래 나폴레옹도 스노볼처럼 선한 의도를 가지고 혁명에 참여하지 않았던가요? 어째서 그가 독재자가 된 것일까요?

글쎄요. 그가 본래부터 특권을 노렸는지 그렇지 않았는지는 알 수가 없죠. 대체로 독재자들도 좋은 사회를 만들겠다는 뜻을 품고 있었다고 하니까요. 또 어떻게 보면 나폴레옹이 지도자가 된 이유는 동물 무리 중에서 가장 영리하고 리더십이 뛰어나기 때문일지도 모릅니다.

하지만 그의 의지는 권력을 획득하는 과정에서 크게 변질되었던 것 같습니다. 정치가들에게 권력이란 다른 이들과 나눠 가질 수 없는 것으로 여겨지는 경향이 있어요. 이를 스스로 경계하거나 타인이 견제하지 않으면 독재를 꿈꾸게 되죠. 저는 독재라는 시스템 자체가 지도자에게 독점적 권력을 부여함으로써 사리사욕에 눈멀도록 만드는 함정을 지니고 있다고 봅니다. 따라서 아무리 선량한 지도자가 등장하더라도 그가 권력에 집착하지 않도록 경계하는 것은 민주주의를 지키는 기본이라고 생각해요.

어떤 지식을 갖출 것인가

독재자가 출현하지 않도록 경계하는 방법에는 어떤 것들이
있을까요?

세상을 바르게 이끌어 가는 데는 선한 의지 못지않게 잘못된 권력을 견제하는 힘이 반드시 필요합니다. 그렇게 보면『동물 농장』작품 자체가 권력을 비판하고 견제한다고 할 수 있죠. 작가는 이 작품을 통해 권력의 타락과 전체주의의 폭력성을 고발했는데, 사실 그의 펜 끝은 소련뿐 아니라 이상적인 공약과 선동으로 얼룩진 모든 혁명과 정치적 행위를 겨냥하고 있어요. 살아 있는 권력에게 반성과 성찰을 촉구하는 지식인의 목소리가 생생히 들리는 듯하죠. 권력이 독점되는 것을 막고 부패를 예방하기 위해서는 무엇보다 그것이 옳지 않다는 사실을 깨닫고 널리 알려 줄 지식인이 필요합니다.

그런데 지식을 갖춘다고 해서 권력에 비판적이 될 수 있을까요?
『동물 농장』의 스퀼러도 그렇고 우리 현실에서도 그렇고,
엘리트들이 오히려 권력에 빌붙어 부패하기도 하지 않나요?

단순히 지식만 갖춘다고 해서 올바른 지식인이 될 수 있는 건 결코 아닙니다.『동물 농장』의 돼지들은 농장의 엘리트 집단이었지만

오히려 자신들의 지식을 대중을 기만하는 도구로 악용했죠. 이들이 갖고 있는 건 지식이 아니라 기술에 불과합니다. 전문적인 기술은 갖고 있지만, 이들에게서 냉철한 지성과 비판 의식은 찾아볼 수 없어요.

잘못된 권력을 견제하는 데 필요한 지식은 특정한 사람들의 이익을 대변하는 것이 아니라 모든 사람이 따를 수 있는 가치를 담은 것이어야 합니다. 그런 지식을 갖춘 깨어 있는 지식인만이 독재를 막을 수 있겠죠.

그렇다면 거꾸로 지식인이 제 역할을 하지 않으면 독재가 생겨난다는 말인가요?

네, 그렇습니다. 『동물 농장』에서 나폴레옹, 스퀼러와 같은 돼지들은 미온적이고 아둔한 동물들 덕분에 전횡을 일삼을 수 있었습니다. 사과와 우유를 돼지들이 독점한 사건을 예로 들 수 있어요. 돼지들은 "우리 중에도 사과와 우유를 싫어하는 자가 많지만, 농장을 경영하고 밤낮으로 동물들의 복지를 살피는 지식 노동을 하려면 건강이 필수다. 우유와 사과를 우리가 먹는 것은 직무 수행을 잘하기 위함이자 농장 동물들을 위한 것이다."라고 말합니다.

이런 번드르르한 말에 동물들은 속아 넘어가고 말죠. 특권을 사회정의로 둔갑시키고 있는데도 이를 제대로 알아차리는 이가 없었어요. 그 까닭은 대중은 지식이 없고, 지식을 가진 이는 침묵했기 때문입니다. 이와 비슷한 일은 우리 사회에서도 얼마든지 일어날 수 있습니다. 왜곡된 지식이 대중을 속이는 동안, 참된 지식은 대중에게서 더욱 멀어지게 되죠.

현실에서는 언론이 지식인의 역할을 해야 하지 않을까요? 진실을 추구하고 그것을 알리는 일이요.

당연한 말씀이에요. 그런데 현실에서 언론은 가끔 제 기능을 상실할 때가 있어요. 권력을 감시하고 견제하는 일은 제쳐 두고 자신들의 이익을 위해 권력과 공모하는 경우도 종종 있죠. 작품 속에서 돼지들에게 현혹되어 권력을 찬양하는 양 떼들이 등장하잖아요. 양 떼들은 일종의 여론을 형성하는 집단이에요. 여론을 형성한다는 점에서 언론의 역할을 하는 것이죠.

만약 양 떼들이 용기 있게 권력을 감시하는 여론을 만들었다면 동물 농장의 비극은 생기지 않았을 것입니다. 하지만 양 떼들은 나폴레옹에 대한 의심과 분노가 동물들 사이에서 터져 나올 때마다 돼지들이 가르쳐 준 노래를 합창하며 동물들의 생각을 방해하기에 바빴어요. 그로 인해 견제와 비판의 기회는 차단되었고, 지배의 권위가 단단하게 유지될 수 있었습니다. 양 떼는 나폴레옹의 잘못된 이념을 곧이곧대로 믿고 전파한다는 점에서, 권력과 결탁한 일부 언론과도 같다고 할 수 있죠. 권력과 언론이 결탁하면, 언론은 참된 역할을 할 수 없습니다.

언론마저도 제 역할을 하지 못한다면 어떤 방법이 있을까요?

무엇보다 각계각층에서 활동하는 영향력 있는 지식인들의 역할이 중요하다고 생각해요. 이들이 시민사회 운동을 통해 권력을 감시하고 비판하는 역할을 해 줘야 합니다. 그리고 대중도 적극적으로 알고자 하는 의지를 지녀야 해요. 특히 현대사회에서는 가짜 뉴스 등이 판을 치고 있어서, 대중이 적극적인 의지를 갖지 않는다면 왜곡된 지식과 정보에 속아 그릇된 선택을 할 가능성이 높습니다. 대중이 알고자 하는 의지가 없다면 '동물 농장' 사건은 꾸준히 반복될 수밖에 없죠. 자의든, 타의든 진실을 외면하는 태도는 결국 독재를 불러오거든요.

**대중이 알고자 하는 의지를 지녀야 한다는 데에는
동의하는데요. 어떻게 하면 그런 앎에 대한 의지를 개인들에게
심어 줄 수 있을까요?**

우리는 학교나 사회에서 민주주의에 대해 이미 많은 것을 배웠습니다. 그 덕분에 우리 사회에 독재나 전체주의가 나타났을 때, 이

249

에 저항해야 한다는 의식도 갖게 되었죠. 2016년 겨울, 많은 국민들이 촛불을 들고 광장에 모였던 것은 민주주의 가치에 대해 공감할 능력이 있었기 때문입니다.

그런데 최근에는 이런 배움의 기회들이 오히려 퇴행하는 것 같아서 안타깝습니다. 경쟁과 갈등 위주의 교육, 대학 입시에 치중된 학교교육이 이루어지는 현실에서는, 청소년들이 민주주의의 보편적인 가치를 깨우치는 데에 한계가 있어요. 가정과 학교 안에서 민주적 가치를 몸소 경험할 때, 청소년들이 사회를 더욱 알고 싶어 하고, 더 나아가 사회에 참여해야겠다는 의지를 갖게 되는 것입니다.

지배는 어떻게 이루어지는가?

국가권력은 공동체에 속한 시민들에 의해서 만들어집니다. 시민에 의해 구성된 정당한 정치권력은 시민들을 위한 정치를 펼칩니다. 이것이 국가권력이 존재하는 이유죠. 그러나 『동물 농장』에서 보듯이 권력이 언제나 정당하게 획득되는 것은 아닙니다. 역사에서 알 수 있듯이 쿠데타를 통해 권력을 얻기도 하고, 언론으로 여론을 조작하여 권력을 얻기도 해요. 더러는 외세의 힘을 빌리기도 하고요. 부당하게 얻은 권력은 시민들을 위할 까닭이 없습니다. 권력을 지닌 자들만이 그 혜택을 누릴 뿐입니다. 따라서 이들에게 시민은 어디까지나 통제와 억압의 대상입니다. 시민들을 자유롭게 놔두면 부당한 권력을 비판하고 혁명을 일으킬 수 있기 때문이죠. 그렇다면 부당한 국가권력은 시민을 어떤 방법으로 통제할까요? 이를 알아야 부당한 권력에 맞설 수 있겠죠.

프랑스의 정치 철학자 루이 알튀세르에 따르면, 국가권력이 시민을 통제하는 수단에는 크게 두 가지가 있습니다. 하나는 '억압적인 국가기구'이고, 다른 하나는 '이데올로기적 국가기구'입니다. 억압적인 국가기구는 말 그대로 시민을 억압하는 물리적인 힘을 지닌 기구를 뜻해요. 경찰과 군대, 감옥이 그 대표적인 사례죠. 이 기구들은 잘못을 저지른 이들을 처벌하는 데에 사용되기도 하지만, 때로는 국가권력에 맞서는 이들을 물리적으로 억압하는 데에 사용되기도 합니다. 과거 독재 정권에서 경찰 병력을 동원해 시위를 막거나 이들에 저항한 자를 옥에 가둔 경우가 이에 해당해요. 5·18 민주화운동 때는 시위 군중을 진압하기 위해 군대가 동원되기도 했죠. 자국민을 보호해야 할 경찰과 군대가 오히려 자국민을 억압하는 것을 보면 정치권력이 얼마나 부당했는지를 알 수 있어요.

하지만 물리적인 억압으로만 시민들을 지배하는 데에는 한계가 있어요. 정부에 대한 불만이 계속 쌓이고 쌓여 마침내 폭발하면 폭동이 일어날 수도 있으니까요. 따라서 권력은 군중의 내면까지 지배하기를 바라고, 이를 위해 이데올로기적 국가기구를 활용합니다. 소설 『동물 농장』을 떠올려 볼까요? 나폴레옹은 한쪽에는 사나운 개들을, 다른 한쪽에는 순한 양 떼를 거느리고 다녔어요. 개들이 경찰과 같은 억압적인 국가기구라면, 양 떼는 이데올로기 국가기구라고 할 수 있죠.

이데올로기는 쉽게 말해 신념이나 사상을 뜻합니다. 그러니까 이데올로기적 국가기구는 시민들에게 신념이나 사상을 은밀하게 주입해서 이들이 자발적으로 권력에 순응하도록 만드는 기구라고 할 수 있죠. 동물 농장의 양 떼들은 나폴레옹 주변에서 그를 찬양하거나 옹호하는 노래를 지속적으로 불렀습니다. 다른 동물들이 돼지에게 토론을 요구하거나 문제를 제기할 것 같으면 양 떼들은 더 크게 노래를 불렀죠. 이 노래들은 진지한 토론을 방해할 뿐만 아니라, 계속 반복되는 과정에서 시민들로 하여금 마치 노래의 내용을 사실처럼 여기도록 만들었습니다. 이로써 체제 선전과 세뇌 교육이 교묘하게 이뤄졌죠. 그 덕분에 나폴레옹은 동물들을 훨씬 수월하게 지배할 수 있었습니다.

일부 권력자들은 언론 또는 교육을 통해 자신에게 이로운 이데올로기를 시민들에게 은밀히 주입해 왔어요. 우리나라에서도 과거 군사독재 시절 비슷한 일이 있었습니다. 박정희 정부 시절에는 '국민교육헌장'을 만들어 모든 학생들에게 외우게 만들었고, 언론을 통해서는 국가 정책을 일방적으로 홍보하는 일이 비일비재했습니다. 국가기관을 통해 언론을 통제하거나 교육기관을 통해 독재를 미화하는 일도 계속되었죠. 자, 이제 전체주의국가에서 반란이나 혁명이 일어나기 어려운 까닭이 설명되었나요? 북한에서 반란이나 혁명이 일어나기 어려운 이유도 물리적인 탄압에 더해서 독재를 미화하는 온갖 이데올로기적 국가기구가 작동하는 환경 때문이 아닐까 합니다.

그렇다면 이 문제에 맞설 대안은 없을까요? 다행히 권력층이 교육이나 언론을 통해 아무리 거짓 선동과 세뇌 교육을 하려 해도 이를 받아들이지 않는 사람들이 존재합니다. 마치 학교에서 선생님 말씀에 자꾸 의문을 제기하는 학생들이 있는 것처럼 말이죠. 사회가 타락했을 때는 지배적인 이데올로기에 맞설 힘을 길러야 합니다. 이때 가장 힘을 발휘해야 하는 이들이 비판적인 의식을 지니고 있는 사람, 곧 깨어 있는 지식인이겠죠. 이들이 『동물 농장』 속 벤저민처럼 주저앉지 않고 연대를 모색한다면 언젠가는 독재자들도 시민들 앞에 무릎을 꿇지 않을까요?

북트리거 포스트

북트리거 페이스북

와글와글 독서클럽

문학

1판 1쇄 인쇄일 2019년 1월 28일
1판 2쇄 발행일 2021년 4월 23일

지은이 강영준
펴낸이 권준구 ｜ 펴낸곳 (주)지학사
본부장 황홍규 ｜ 편집장 윤소현 ｜ 팀장 김지영 ｜ 편집 강현호 양선화 이인선
디자인 정은경디자인 ｜ 마케팅 송성만 손정빈 윤술옥 이혜인 ｜ 제작 김현정 이진형 강석준 방연주
등록 2017년 2월 9일(제2017-000034호) ｜ 주소 서울시 마포구 신촌로6길 5
전화 02.330.5265 ｜ 팩스 02.3141.4488 ｜ 이메일 booktrigger@naver.com
홈페이지 www.jihak.co.kr ｜ 포스트 http://post.naver.com/booktrigger
페이스북 www.facebook.com/booktrigger ｜ 인스타그램 @booktrigger

ISBN 979-11-89799-03-8 43800

북트리거

트리거(trigger)는 '방아쇠, 계기, 유인, 자극'을 뜻합니다.
북트리거는 나와 사물, 이웃과 세상을 바라보는 시선에 신선한 자극을 주는 책을 펴냅니다.